Wendolin Kramer

Laura Fernández (1981) es autora de seis novelas: *Bienvenidos a Welcome* (2008), *Wendolin Kramer* (2011), *La chica zombie* (2013), *El show de Grossman* (2013), *Connerland* (2017) y *La señora Potter no es exactamente Santa Claus* (2021), galardonada con el premio El Ojo Crítico de Narrativa 2021, el Premio Las librerías Recomiendan 2021 de ficción, el Premio Finestres de Narrativa en Castellano 2021 y el Premio Kelvin 505 a mejor novela original en castellano publicada por primera vez en España en 2021. Su obra ha sido traducida al francés y al italiano y sus cuentos han sido incluidos en numerosas antologías. Laura Fernández es también periodista y crítica literaria y musical, y una apasionada entrevistadora de escritores. En los últimos tiempos ha escrito sobre todo para *El País*, aunque antes ha colaborado en una infinidad de medios. También trabajó en un videoclub y montó una banda. Tiene dos hijos y un montón de libros de Philip K. Dick.

Biblioteca
LAURA FERNÁNDEZ

Wendolin Kramer

DEBOLS!LLO

Papel certificado por el Forest Stewardship Council®

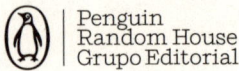

Primera edición: junio de 2023

© 2013, 2023, Laura Fernández
Esta edición c/o SalmaiaLit, Agencia Literaria
© 2023, Penguin Random House Grupo Editorial, S. A. U.
Travessera de Gràcia, 47-49. 08021 Barcelona
© 2023, Laura Fernández, por el epílogo
Diseño de la cubierta: Penguin Random House Grupo Editorial / Marta Pardina
Imagen de la cubierta: © María Jesús Contreras

Penguin Random House Grupo Editorial apoya la protección del *copyright*.
El *copyright* estimula la creatividad, defiende la diversidad en el ámbito de las ideas
y el conocimiento, promueve la libre expresión y favorece una cultura viva.
Gracias por comprar una edición autorizada de este libro y por respetar las leyes del *copyright*
al no reproducir, escanear ni distribuir ninguna parte de esta obra por ningún medio sin permiso.
Al hacerlo está respaldando a los autores y permitiendo que PRHGE continúe publicando libros
para todos los lectores. Diríjase a CEDRO (Centro Español de Derechos Reprográficos,
http://www.cedro.org) si necesita fotocopiar o escanear algún fragmento de esta obra.

Printed in Spain – Impreso en España

ISBN: 978-84-663-7155-1
Depósito legal: B-7.880-2023

Compuesto en M. I. Maquetación, S. L.

Impreso en Novoprint
Sant Andreu de la Barca (Barcelona)

P 3 7 1 5 5 1

*No sé coser, así que no puedo coserle al ya no
tan pequeño Arturo un traje de superhéroe.
Ni, oh, por supuesto, tampoco a la aún pequeña Sofía.
Pero puedo regalarles la mitad de esta historia.
La otra mitad es para ti, Súper Chico*

A pesar de todo, sigo creyendo que la gente es realmente buena en el fondo.

ANNE FRANK

1

Huesos Gigantes y Sonrientes Earl

La niña pelirroja estaba leyendo tebeos estúpidos en su cuarto de muñeca rubia y estúpida. Su madre estaba en el salón, cosiendo un zapato rubio en la solapa derecha de su única americana. Su padre estaba tratando de ver la televisión a través de sus gafas sin cristales. Y el perro, oh, no, el pobre y aburrido perro estaba durmiendo, durmiendo y soñando con dar la vuelta al mundo subido a un hueso gigante y sonriente. El muy estúpido no tenía ni idea. Si la hubiera tenido, quizá hubiese echado a correr y hubiese montado su propio negocio: Huesos Gigantes y Sonrientes Earl. Pero no iba a hacerlo. Iba a quedarse en casa e iba a cambiar la parte del mundo que empezaba en aquel salón amarillento. Por los siglos de los siglos. Guau.

—¿Mamá? —Ésa era la niña pelirroja.

—¿Pasa algo, cariño? —La madre estaba pensando: (ZAPATO RUBIO, TENGO QUE COSER ESE ZAPATO, ZAPATO PATO). La aguja no iba a detenerse. Ris, ras, arriba y abajo—. ¿Cariño?

—¿Puedo llevar a Munk?

—¿Munk? —La madre echó un vistazo a la revista que sostenía la niña, sin perder el ritmo: ris, ras, ris—. ¿Quién es Munk, cariño?

Earl alzó las cejas.

—El perro —dijo el padre.

—Oh, el perro, sí.

Earl se hundió entre sus minúsculas patas delanteras.

—¿Y adónde quieres llevar a Gus, cariño? —Ris, ras, ris, ras.

—No es Gus, es Munk, mamá —dijo la niña.

—Oh, sí, claro, cariño.

—¿Qué es eso? —preguntó el padre, alargando la mano hacia el tebeo.

—Un concurso para Munk —dijo la niña.

—¿Un concurso? —Ris, ras, ris.

El padre dobló el tebeo por la mitad y leyó: *«Mundial de Belleza Canina 1989. Tu perrito puede ser el siguiente Míster Can. Por primera vez en España»*. Luego dio media vuelta a la página y echó un vistazo a las viñetas.

—¿Qué clase de tebeo es éste? —preguntó, quitándose las gafas, y añadió, en un susurro dirigido a la madre—: Las chicas están desnudas, Marion.

—Dios, Ron, ¿es que no voy a poder coser este zapato ni en un millón de años? —El padre se encogió de hombros, le tendió el tebeo—. Trae acá ese montón de hojas. Dios santo, ¿por qué me casaría con un estúpido? —Esto último lo dijo en alemán. O en lo que ella y su hija creían que era alemán. La niña se rió.

—¿De qué te ríes, pequeña? —El padre volvió a ponerse las gafas.

—¿Y tus cristales, Ron? —preguntó la madre. Había clavado la aguja en el tacón del zapato *rubio*, en realidad, amarillo limón, y hojeaba el tebeo.

—¿Le compraste tú el tebeo? —preguntó el padre.

—¡Pues claro que se lo compré yo! ¿Es que quieres que Wen se parezca a ti, Ron? Échale un vistazo a la portada, caja de dientes, es un tebeo de Súper Chica, ¿sabes quién es Súper Chica?

Toc, toc, Ron, ¿hay alguien en casa? ¿Has oído hablar de Supermán? ¿El tipo de la capa roja? ¡ESTÚPIDO! —gritó Marion, en alemán.

La niña sonrió.

—Está bien. No te enfades, Marion. No he dicho nada. —El padre se hundió en el sillón y se alisó la arruga de tela que se le había formado en la rodilla. Luego subió el volumen del televisor y fingió divertirse con un documental sobre el oso hormiguero del que sólo veía sombras.

—¿Puedo? —insistió la niña.

—Claro que puedes, Wen —dijo la madre, en alemán.

Y así fue como el pequeño Earl cambió para siempre la historia de su familia y la de su familia adoptiva, a la que todo el mundo conocía como los Kramer, por expreso deseo de su cabeza de familia: Marion Kramer.

¿Y qué fue de Huesos Gigantes y Sonrientes Earl? Huesos Gigantes y Sonrientes Earl ni siquiera llegó a ser un sueño. Digamos que fue más bien uno de esos desvíos que no se toman a tiempo. De haberlo hecho, Francis Dómino seguiría vivo. Y la pequeña Wen nunca habría conocido a Piscis Deprimida.

2

Piscis Deprimida

La carta llegó en un sobre amarillo. Fue su padre quien la encontró entre el correo y se la tendió a Marion.

—Creo que deberías ver esto, cariño —le dijo.

Y Marion gritó:

—¿ES QUE NO SABES LEER, RON?

—Claro que sé, cariño.

—¿Y DÓNDE HAS LEÍDO MARION?

—En ningún sitio, Marion. Creo que es para la niña, cariño.

—¿LA NIÑA? ¡WENDOLIN TIENE CASI TREINTA AÑOS, ROOON!

—No te enfades, cariño. No he dicho nada.

Así que Ron dejó la carta sobre el escritorio de su hija y volvió a su sillón.

Ron Kramer era un buen hombre. Y, por cierto, Ron no era su verdadero nombre, ni Kramer su apellido. Ron Kramer se llamaba en realidad Julio Durán, pero nadie podía pronunciar su verdadero nombre en presencia de su mujer. Marion había creado a Ron Kramer de la misma manera que se había creado a sí misma.

Y que había creado a la pequeña Wen.

La pequeña Wen, que siempre sería pequeña, pelirroja y pecosa. Wen, que estaba a punto de cumplir los veintiocho y que seguía creyendo en superhéroes y supervillanos, como su abuela había creído en Dios (había llegado a enmarcar la parte superior de un calendario de pared de 1976 en el que aparecía el rostro de un Jesucristo sudoroso y llorón) y su madre en Lindsey Buckingham, Clark Kent y Raphael. Aunque ella nunca admitiría creer en este último, porque no había sido tan famoso en su Alemania natal, país en el que ciertamente Marion Kramer había nacido, pero no crecido, como intentaba hacer creer a todo el mundo, incluida Wen.

A todo esto, en aquel preciso instante, Wen tarareaba el estribillo de «Eighties Fan», su canción favorita. La había compuesto una aburrida chica escocesa adicta a los helados de fresa.

Wen estaba esperando a que el dueño del Daily Bugle regresara del almacén.

El Daily Bugle era una estrecha y mal iluminada tienda de cómics del centro y el almacén era una pequeña habitación al fondo de aquella maraña de tebeos. Y lo que el dueño estaba buscando en el almacén era el último número de Súper Chica.

—¿Has visto, Munk? —Wen hablaba con el pequeño Earl, que seguía siendo pequeño, pues apenas medía treinta y ocho centímetros—. Supermán ha vuelto a dejar que Lex secuestre a Lois.

—Es un número antiguo, estúpida —contestó el pequeño Earl, sólo que sonó—: Guguguguau.

—Ya. Yo tampoco entiendo a mamá —dijo Wen, en alemán.

—Aquí está —oyó que decía la irritante voz de lija del propietario de la tienda, a lo lejos—. Ni siquiera he tenido tiempo de colocarlo. Acaba de llegarme.

Ansiosa, Wen abrió su ridículo monedero amarillo y preparó la moneda de dos euros. El tipo apagó la luz y regresó al mostrador. Además del último número de Súper Chica, traía consigo un viejo *What If?* de Spiderman.

A Wen nunca le había caído demasiado bien Spiderman. Peter Parker es un blando, pensaba.
Solía hablar de ello con su madre.
Es un blando porque todos los superhéroes tienen problemas y ninguno se queja, decía Wen. Todos se aguantan menos él. Parker es un quejica, decía.

Marion Kramer estaba completamente de acuerdo con su hija.

—¿Uno noventa y cinco? —preguntó Wen. Un rizo pelirrojo le cruzaba la frente.

El hombre, un tipo menudo, de dientes separados y olor nauseabundo, asintió.

No se atrevía a mirarla. Por eso se miraba las manos. Tenía las uñas negras.

—¿Conoces éste? —preguntó Marvin.
Se estaba refiriendo al *What If?* que había traído consigo.
El *What If?* de Spiderman.

A todo esto, el tipo se llamaba Marvin. Marvin Rodríguez. Un nombre extraño. Se lo había puesto su madre, que siempre había estado loca por Marvin Gaye. Todavía conservaba aquel pequeño altar en su casa. Marvin lo odiaba. Odiaba a Marvin Gaye y a su madre. Marvin odiaba a todo el mundo. A todo el mundo menos a Wen.

Por cierto, Marvin tenía treinta y cinco años, unas cejas diminutas y una muñeca hinchable pelirroja a la que llamaba Mary Jane.

Mary Jane.

—OH, SÍ, MARY JANE, ME GUSTA, MMM, SIGUE, OH, SIGUE, SÍÍÍÍ.

Ésas eran el tipo de cosas que Marvin le decía a su muñeca hinchable.

Marvin se pintaba las canas con rotulador y vivía como si fuera Peter Parker.

Tomaba fotografías de sí mismo vestido de Spiderman.

Sólo que no lo hacía en la calle, sino en su habitación.

—¿Spiderman? No, gracias —dijo Wen, refiriéndose, por supuesto, al *What If?* que el tipo le tendía—. Spiderman es un quejica.

El tipo, Marvin Rodríguez, tartamudeó:

—¿Un-un qué?

—Un quejica. —Wen podía resultar muy repelente. Y más cuando le daba por hablar en lo que ella y su madre creían que era alemán. Y eso era lo que acababa de hacer—. Mi madre dice que es un blando.

—¿Tu-tu...?

—Me niego a tener un *What If?* de Spiderman —prosiguió la chica. Puso la moneda sobre el mostrador y añadió—: No entiendo cómo Súper Chica se prestó a esto.

Wen se estaba refiriendo al número que Marvin Rodríguez había traído consigo, *¿Y si Spiderman se casara con otra?* Por cierto, uno de sus favoritos. Lo había usado en numerosas ocasiones para, ejem, ya me entienden.

Sí, la muñeca hinchable era pelirroja.

Como Mary Jane Watson. Como Súper Chica.

Y como la propia Wen.

—Seguro que no fue cosa suya —respondió él, encogiéndose hasta jorobarse sobre la moneda que Wen había dejado en el mostrador. Muerto de vergüenza. El pelo, grasiento como vinilo mojado, le olía a queso rancio.

—No, claro. —Wen cogió su número de Súper Chica y tiró de la correa de Munk, o del pequeño Earl, verdadero nombre del chucho, una extraña raza de chihuahua calvo llamada rusty, de la cual el pequeño Earl era un raro ejemplar de color rosa—. Nos vamos, Munk.

—Bonito nombre —dijo Marvin, posando una mano sudorosa sobre aquel preciado *What If?*—. ¿Es un buen perro?

—El mejor —dijo Wen sonriendo, orgullosa, con todos aquellos dientes. La boca de Wen parecía tener al menos dos veces más dientes que una cualquiera.

Y el bueno de Marvin sonrió, aunque tenía un nudo del tamaño de una granada de mano en la garganta. Wen se fue por donde había venido.

No tenía ni idea de lo que la esperaba en casa. Ni lo que la esperaba tenía ni idea de que tendría que esperar un buen rato.

3

El chico más popular de la clase

Cuando Wen iba al colegio, el chico más popular de la clase se llamaba Iván, Iván Rojas, pero para ella se llamaba Dedos Sucios. Era muy alto y muy guapo, y todas las chicas se peleaban por ser las primeras en tocar el lápiz que había olvidado sobre la mesa. Todas menos Wendolin Kramer. Lo único en lo que pensaba Wen era en acabar con él, como solía acabar Súper Chica con sus supervillanos. Así que empezó a perseguirle y a elaborar informes. Wen anotaba todo lo que le veía hacer en su Súper Libreta y luego le escribía largas cartas amenaza que el chico recibía como sugerentes y salvajes misivas de amor. Solía dormir con ellas bajo la almohada y soñar que se lo hacía con la chica pelirroja que las escribía. Cómo sabía Iván que Wen era quien escribía las cartas era todo un misterio. El caso es que lo supo desde el principio. Pero no se lo dijo a nadie.

—No lo hagas. —Ésa era Lisi, su mejor amiga, advirtiéndole de que proponer una Cita Ataque a Dedos Sucios era una mala idea.

—Tengo que acabar con él. —Wen estaba convencida de que podía hacerlo. Iba a liberar al mundo de Dedos Sucios y nada ni nadie podría impedírselo.

—Te hará llorar y entonces será peor.

—No me hará llorar. Súper Chica nunca llora.

—Tú no eres Súper Chica.

—¿Cómo que no?

Los gordos mofletes de Lisi palidecieron.

—¿Lo dices en serio?

—¿El qué?

—¿Vas a matarle? —Lisi tragó saliva con un ruidoso (GLUM).

—Voy a acabar con él —dijo Wen.

—¡SHHH! ¡SILENCIO! —gritó Velma Ellis, la profesora suplente de inglés. Por supuesto, gritó en inglés. Y se puso roja como un tomate al hacerlo.

Las chicas se callaron.

Podría decirse que eran un par de alumnas obedientes.

Wen aprovechó para escribir una de sus cartas.

Iván la encontró entre sus bolígrafos aquella misma tarde. Wen había conseguido deslizarla entre sus cosas antes de salir de clase. La carta decía:

> Te liquidaré esta misma noche. Nos vemos en el callejón en el que te diste el lote con Samantha el lunes pasado. Te estaré esperando. Ven en cuanto acabes de cenar.
>
> Súper Chica

El chico se frotó las manos. Oh, sí, por fin. Una cita con la chica pelirroja. Iván nunca había besado a una pelirroja. Pensó que quizá supiera a fresa. El chico no era muy listo. Tampoco tenía la culpa de que todas las rubias que había besado supieran a melocotón porque todas usaban aquel estúpido lápiz de labios con sabor a melocotón que vendían en la tienda de chucherías cosméticas del centro comercial.

Iván era un buen chico, así que cenó, se cepilló los dientes y dijo:

—Mamá, bajo a tirar la basura.

Y la madre preguntó:

—¿Te encuentras bien, cariño?

Y el chico no dijo nada, sólo se miró al espejo antes de salir y se deseó suerte.

Al otro lado de la calle, Wen esperaba.

El callejón en el que se habían citado estaba enfrente de la casa de Dedos Sucios, así que podría decirse que estaba en su terreno y que eso podía complicar las cosas, pero Wen confiaba en que Zapato Rubio lo despistara. No había caído en la cuenta de que era el traje y no Zapato Rubio el que podía despistarle.

En este punto, Wen interrumpió su relato. Le dio un sorbo a su batido y señaló la portada de uno de los tebeos que había sobre la mesa.

—Mi traje entonces era así —dijo.

—Oh. —La mujer que había al otro lado de la mesa, una mujer con sombrero y una pluma en el sombrero, fingió interés. Entre sus pies, el pequeño Earl trataba de dormir la siesta—. Es... bonito.

—Me lo cosió mi madre.

Se lo había cosido hacía un millón de años o, exactamente, quince, una noche de sábado. Aquella lejana noche, Marion cosió y cosió, ris, ras, ris, ras, ris, con lágrimas en los ojos, mientras Ron leía una novela estúpida, titulada *La Rubia Imposible*.

—¿Qué es eso? —había preguntado el padre, cuando hubo acabado el que creyó que podía ser el capítulo clave de la historia: la Rubia Imposible estaba sentada en una silla de peluquería, con la cabeza embadurnada de tinte, así que no había vuelta atrás. El próximo capítulo tenía, por fuerza, que ser el último. Ya lo había conseguido, era rubia, ¿y ahora qué?, se preguntó Ron al cerrar el libro y comprobar que le quedaba más de la mitad. ¿Cómo podía la autora haber escrito setecientas veintitrés páginas de un absurdo drama cotidiano?, se preguntó después. Luego levantó la vista y vio a su mujer cosiendo.

Fue entonces cuando preguntó:

—¿Qué es eso?

Para cuando lo hizo, Marion Kramer estaba dándole la última puntada al zapato rubio. Había cosido un zapato rubio en la capa.

—Un traje para tu hija.

—¿Un traje con capa?

—Es un traje de Súper Chica.

—Oh, no.

—¿QUÉ? ¿CREES QUE ESTOY LOCA?

—¿Quién ha dicho que estés loca?

—Acabas de decirlo.

—¿Yo?

—¿QUÉ HAS DICHO?

—Nada. No he dicho nada, Marion.

—ESTÚPIDO —rezongó Marion, en alemán.

El pequeño Earl alzó las cejas creyendo que tronaba y que los truenos iban a estropear su peinado. Y su peinado no podía estropearse. Cualquier perro mataría por un peinado como aquél. Desde que Wen había tenido la genial idea de presentarlo al concurso de belleza, se habían acabado los problemas de números rojos en casa de los Kramer, y en el cada vez más coqueto apartamento del pequeño Earl. Apartamento, por cierto, situado bajo el escritorio de Wen, en el que la pelirroja había instalado un sofá de juguete, una televisión portátil, un par de pósters de perritas y un hueso de goma mordisqueado. El sofá era un sofá cama, por supuesto. Y el pequeño Earl se acostaba cada noche con mucho cuidado, con todo el cuidado del mundo para no estropear su peinado. Nada ni nadie podía estropearle aquel peinado. Ni siquiera un ladrido de Mamá Kramer.

—¿Estás contento, Ron? Has despertado a Gus.
—¿Yo?
—Ha sido el trueno —hubiera querido aclarar Earl—. Y dejad de llamarme Gus y Munk. Mi nombre es Earl —hubiera querido añadir.
Pero de todos es sabido que los perros no hablan.
Los perros ladran, como Mamá Kramer.
—Fue muy divertido —añadió Wen en aquel instante, volviendo al relato principal, ante la sorprendida mujer del sombrero y la pluma.
Aquella noche, la noche en que Wen se batió en duelo con Dedos Sucios, hacía un calor de mil demonios y Wen sólo pensaba en volver a casa y jugar con el pequeño Earl. Le gustaba perseguir a Dedos Sucios y le gustaba escribir informes y, por supuesto, le encantaba enviarle cartas amenaza, pero no le gustaba tener que acabar con él. ¿Por qué tenía que acabar con él? ¿Qué daño había hecho Dedos Sucios? Se había dado el lote con Samantha y había empujado a su amiga Lisi tres de cada cuatro veces en que se había tropezado con ella, pero Lisi le había robado su colección de cromos de dinosaurios galácticos, así que, ¿qué daño había hecho Dedos Sucios?
—¿Wen?
Dedos Sucios acababa de llegar.
Wen estuvo a punto de morirse de vergüenza. De repente se vio a sí misma a través de los ojos del pequeño Earl (la capa blanca, las botas de tela cosidas sobre los zapatos, el ajustado maillot de una sola pieza) y todo empezó a arder, mejillas abajo.
—Hola —dijo, abatida.
—¿De qué vas vestida? —El chico se acercó. Sonrió al ver la capa. Wen cerró los ojos. Pensó: No voy a llorar. Pensó: No vas a hacerme daño. Dijo:
—Era una, uhm, sorpresa.

—¿Una sorpresa? —De repente, Dedos Sucios estaba muy cerca—. Me gusta.

—Oh, eh, ¿sí? ¿Te, uh, gusta?

Oh, sí, le gustaba. Por eso la besó. Y Wen estuvo a punto de desmayarse.

—Mmm... Sabes a... —Dedos Sucios se relamió—. Sabes a, oh, sí, es fresa.

—¿Fresa?

Dedos Sucios volvió a besarla. Wen se revolvió. El chico se apartó. ¿Y si estaba cayendo en una trampa? ¿Acaso no era Dedos Sucios un supervillano? ¿Desde cuándo los supervillanos besaban a las Súper Chicas?

—Lo siento —dijo Dedos Sucios.

—No —dijo ella.

—Lo de Samantha ya pasó. —¿Acaso tenía que darle explicaciones a Wen Soy Boba Kramer?—. Oh, bueno, no importa. No se lo digas a nadie, ¿vale? Será un secreto.

Wen asintió.

—¿Me seguirás escribiendo? —preguntó el chico.

—¿Quieres que te siga escribiendo?

—Me gusta. Sí. Es divertido.

Dedos Sucios sonrió. Wen también sonrió.

—A mí también.

Se hizo el silencio. La capa y el zapato rubio ondeaban. El chico dijo:

—Bueno, tengo que irme.

—Sí.

—Si quieres podemos vernos otro día.

Wen asintió.

Pero las cartas nunca llegaron. El chico las esperó y las esperó. Durante el resto del trimestre no volvió a meterse con Lisi y tampoco enredó sus dedos sucios en los rizos de Wen. Y Wen se puso triste, muy triste. Para intentar olvidar aquella noche en el callejón, empezó a perseguir a otros posibles supervillanos. Volvió a elaborar informes. Pero no escribió ni una sola carta. Había aprendido que la colisión entre su mundo y el mundo que todos conocían podía doler tanto como un súper rayo derritecorazones. Así que no iba a volver a mezclarlos. Se quedaría con su mundo de Zapatos Rubios.

—Y ésa es la historia —dijo Wen, y apuró su batido.

—Vaya, es una buena historia —dijo la mujer del sombrero. No era un sombrero ridículo. Era un sombrero caro. Y la pluma era pequeña, tan pequeña que parecía apenas un guiño a un mosquetero—. Pero tengo un poco de prisa.

—Su sombrero es bonito —dijo Wen.

El sombrero había sido un regalo de su marido.

La mujer del sombrero se llamaba Carmen, tenía cuarenta y tres años y aquella mañana antes de salir de casa había puesto una lavadora.

—Oh, gracias —dijo, y se puso en pie, con torpeza.

El pequeño Earl emitió un ridículo quejido.

Acababan de despertarlo.

—¿Adónde va? —preguntó Wen, en alemán.

—¿Cómo dice?

—¿Y su caso?

—Oh, no importa —dijo la mujer—. Tengo un poco de prisa.

—Ah. —Wen cruzó las piernas bajo el escritorio y estrechó la mano de la mujer, que, por cierto, había elaborado un discurso a la altura del detective con el que creía que iba a toparse. En aquel preciso instante, lo estaba haciendo pedazos en su mente—. Bueno, encantada.

—Lo mismo digo —dijo Carmen, y sus tacones rechinaron sobre el terrazo al darse la vuelta. Echó un vistazo a la cama antes de salir de la habitación. Había un cojín sobre ella. Un cojín con un enorme zapato rubio en el centro.

Carmen cerró la puerta a sus espaldas y trató de recordar dónde había visto antes al chico cuya foto aquella chiflada había enmarcado y puesto sobre el escritorio.
Oh, Dios, no.
Era Kirk Cameron.

4

¿Quién no ama a Vendolin Woolfin?

Vendolin Woolfin nació en Londres el 25 de enero de 1882. Hija de un escritor y de una bibliotecaria, la pequeña Vendolin creció entre libros. Uno de sus biógrafos afirma que nunca tuvo un solo amigo. Otro, que sus amigos fueron los libros. Y otro, que hasta los sacaba a pasear las tardes de lluvia. Los sentaba junto a ella en el café de turno y les contaba su vida. Decía aquel biógrafo que así nacieron sus historias. Y que, siendo así, lo lógico era que también acabaran convertidas en libro. Hay quien se atreve a jurar que la, sí, algo perturbada Vendolin no se llevaba bien con sus propios libros. Una vez publicados los rehuía.

Pero todo eso no son más que habladurías de biógrafos.

Lo cierto es que Vendolin Woolfin escribió poco. Tampoco vivió demasiado pero, teniendo en cuenta que no hubo ni un solo segundo que no dedicara a la literatura, en uno u otro sentido escribió poco, sí (hay quien afirma incluso que se acostaba con sus libros favoritos y quien se jugaría su mejor sombrero a que llegó a prometerse de por vida con un raído ejemplar de *Misterios*). En vida sólo publicó media docena de novelas, un par de ensayos y algún que otro relato. Sin embargo, tras su muerte, se descubrieron un buen puñado de inéditos. Los descubrió una agente literaria que, por aquel entonces, no tenía dónde caerse muerta y acababa de dejar a su último marido, un estúpido escritor de *best sellers* sordomudo, tan operado que apenas podía diferenciarse de un póster, y hasta hubo quienes vieron cierta conexión entre ese hecho y el descubrimiento de los inéditos.

Y hasta quienes jamás creyeron en la existencia de Vendolin Woolfin.

Como la mujer que Erlinda Lago tenía justo delante en aquel preciso instante.

La mujer estaba hablando con la bibliotecaria, una masculina rubia, ex amante de la mismísima Erlinda, la cual sostenía en ese momento un par de ensayos recién editados en los que se mencionaba la obra de Vendolin Woolfin. Y a la mujer no se le ocurrió otra cosa que susurrar:

—Sinceramente, yo creo que esa Vendolin es una farsa.

—¡Usted! —Erlinda tiró de un mechón de pelo de la mujer, la mujer (¡AY!) se dio media vuelta y Erlinda añadió—: ¡Retire eso AHORA mismo!

—¿Está usted loca? —La mujer, que tenía al menos veinte años menos que Erlinda y una frondosa melena de color azabache, la miró como si en vez de una mujer con cara de perro aburrido Erlinda fuese una grapadora y acabara de gritar: ¡BINGO!

—Señoras. —Ésa era la bibliotecaria: Ricarda. Aunque ella prefería que la llamaran Richie. Rich—. Esto es una biblioteca.

—¿La has oído, Rich? ¡DICE QUE VENDOLIN NO EXISTE!

—Shhh, silencio —susurró Rich, reprimiendo una sonrisa.

—Retírelo —insistió Erlinda.

—¿El qué? —La mujer parecía no entender nada.

—Voy a tener que expulsarte, Erlin. —Rich solía llamarla Erlin, porque era más fácil. Erlinda era un nombre ciertamente complicado, incluso para una bibliotecaria.

—¿A MÍ?
—Dame tu carnet.
—¿Mi qué? ¡NO PUEDES HACERME ESTO, RICH!
—¿Quieres que me despidan?
—¡HAZLO POR VEN!
—Asúmelo, Erlin, Ven es una farsa.
—OH, RICH, ¿QUÉ HAS DICHO?
—Lo que has oído.
—¡RETÍRALO!
—Dame tu carnet, Erlin.
—OH —dijo Erlin.

Luego abrió el bolso, sacó su monedero y entregó su carnet a Rich.

Pero ¿por qué protegía Erlinda Lago a Vendolin Woolfin? Muy sencillo.

Erlin, así es como la llamaremos a partir de ahora, era propietaria de una librería, que antes había sido una mercería diminuta, luego una carnicería también diminuta y finalmente la librería, su librería, llamada Woolfin en honor a la escritora que le había salvado la vida. Porque eso era lo que creía Erlin. Erlin tenía cuarenta y siete años, cara de perro aburrido y la firme convicción de que el mundo era un lugar horrible.

Erlin solía decir que Vendolin era su mejor amiga.

Erlin solía hablar con Vendolin cuando se quedaba a solas en la librería, que era bastante claustrofóbica, pero eso no le impedía organizar una vez por semana un club de lectura. Club de lectura que se había convertido en un club de fans encubierto de Vendolin Woolfin.

Volviendo a la biblioteca y al encontronazo con la mujer de la melena de color azabache, Rich recogió el carnet que le tendía Erlin, su ex amante, enrolló uno de sus rizos rubios entre sus masculinos dedos, sonrió y dijo:

—Hasta la vista, Erlin.

—Bah —dijo Erlin.
Y se fue.
Wen pensó que ésa era la historia que debería haberle contado a su última clienta y no su estúpido encuentro con Dedos Sucios. Pero ya era demasiado tarde.
—¿Qué es esto? —preguntó Wen, al ver el sobre amarillo sobre su escritorio.
Acababa de reparar en él. Pero había estado ahí todo el tiempo.
—Grrrr —gruñó el pequeño Earl.
—Es una carta, Kirk —dijo la chica, y sí, estaba hablando con la fotografía de Kirk Cameron—. ¿Me la has escrito tú?
Wen se rió de su ocurrencia, rodeó el escritorio y se dejó caer en la cama.
—Una carta de Kirk Cameron, Munk —dijo, colocando el enorme cojín del zapato rubio bajo su cabeza, y apartando el último número de Súper Chica, que ya había leído—. Por fin. Ven a leerla conmigo.
Wen dio un par de golpes en la cama, a su lado. El pequeño Earl frunció el ceño. ¿Puedo negarme?, preguntó, sólo que sonó:
—¿Gagaugrrr?
—Va, ven.
(CLARO) y (ENSEGUIDA), se dijo el pequeño Earl.
Como Erlin, el pequeño Earl a menudo creía que el mundo era un lugar horrible.

5

La vendedora de muebles por catálogo

Tumbada bocabajo en la cama, Wen volvió a leer la carta de Piscis Deprimida.
Decía lo siguiente:

> Estimado W. Kramer:
> Me llamo (tachón) (tachón) (tachón) Piscis Deprimida y (tachón) tengo un caso para usted. Es un caso importante. El otro día lo llamé pero no quiso usted ponerse. Vi su anuncio en el periódico. Hablé con su secretaria y le pedí que (tachón) le dijera que no se moviera, pero debió surgirle algo porque cuando llegué no había nadie. A lo mejor debería usted (tachón) hablar con su secretaria. O a lo mejor me (tachón) equivoco.
> ¿Sigue abierto su despacho?
> Si es así, deberíamos (tachón) vernos.
> Por favor, llámeme.
> Piscis Deprimida

El corazón de Wen (BUM-BUM-KABOOOUM) golpeaba como un boxeador experto contra su pecho izquierdo.
¡UN CASO! ¡UN VERDADERO CASO!
Pero ¿a qué había venido aquello de la llamada?

¿El otro día? ¿Qué otro día?

Oh, sí, claro, ESE otro día.

El día en que Wen estaba sentada en la mesa de su despacho, es decir, su cuarto, con un catálogo de muebles sobre las rodillas. Se estaba pintando las uñas. El pequeño Earl la estaba volviendo loca. No quería jugar a los muebles. Wen había tenido que pintarse las uñas porque al pequeño Earl no le interesaba comprar aquel estupendo armario de seis puertas. El pequeño Earl estaba deprimido y no podía pensar en el aspecto que tendría un armario de seis puertas, sólo podía pensar en el Hueso de Oro. Lo había visto por última vez el pasado lunes. Un caniche de color azul marino se lo había arrebatado. Y el muy estúpido no se lo merecía, así que Earl había estado a punto de *matarlo*. Sus colmillos habían estado a punto de triturarle la faringe, pero aquella estúpida juez de tacones cuadrados no le había dejado. Le había propinado una patada, oh, sí, una patada, la muy estúpida, y luego había dicho:

—¡Ya está bien, chicos! Chicos.

No debiste meter tus tacones cuadrados en esto, pensó Earl, y se lanzó sobre su tobillo. Le arrancó un buen pedazo de carne blanquiazul, ¿y qué hizo la muy estúpida? Lo expulsó del concurso. La muy estúpida. Así que ahora el pequeño Earl tenía que ir al psiquiatra tres veces por semana. El psiquiatra se llamaba Don (Donatelo, en realidad) y tenía un bigote del tamaño de una lenteja bajo la nariz. El pequeño Earl solía reírse de él con su mejor amigo. Su mejor amigo era un gato sin dientes que creía haber perdido la cabeza. OH, OLIVER, TE LO HE DICHO UN MILLÓN DE VECES, ¡LO QUE NO TIENES SON DIENTES! En fin, por todo eso, Earl estaba deprimido. Y como estaba deprimido temía no pasar los tests, no volver a ser admitido en ningún concurso y tener que dejar de comer galletitas saladas. Y eso lo deprimía aún más.

—¿Cariño? —Ésa era Wen, aquella tarde—. Oh, vamos, ¿todavía estás así?

El pequeño Earl alzó las cejas y las dejó caer.

—No deberías preocuparte. Merecías ese hueso. Todo el mundo lo sabe.

Tumbado como estaba, el perro hundió la cabeza entre sus patas delanteras.

—Oh, cariño, vamos —insistió Wendolin, en alemán.

Entonces sonó el teléfono.

—Oh, vaya. —Wen se miró las uñas—. No puedo cogerlo.

El teléfono sonó y sonó hasta que dejó de sonar.

—A lo mejor era un cliente.

El pequeño Earl ni siquiera se molestó en alzar las cejas. Pensó: Estúpida. Pensó: Has arruinado mi vida. Pensó: Busca un trabajo de una maldita vez.

El teléfono volvió a sonar.

El pequeño Earl se concentró. Pensó: Cógelo. Cógelo. CÓGELO.

Y Wendolin dijo:

—Oh, está bien.

Hizo un mohín de disgusto y descolgó. Con dos dedos, como si temiera que el teléfono, un Alcatel de hacía una década, con aspecto de zapato viejo, fuera a contagiarle una enfermedad mortal.

—¿Aló? —dijo.

—¿Oiga? —dijo una voz infantil al otro lado.

—¿Quién eres, pequeño? —preguntó Wen, en alemán.

—¿Qué ha dicho?

—Oh, perdone. —Wendolin carraspeó (OH, SÍ, EJEM), se sopló una uña y añadió—: Despacho de Wendolin Kramer, ¿en qué puedo ayudarle?

—¿Sabe quién soy?

—¿Usted?

—Claro que lo sabe.
—No le entiendo —dijo Wen, en alemán.
—¿Qué ha dicho?
—¿Cómo voy a saberlo? —repitió Wen, en alemán.
—¿Ha dicho cartón de leche? —preguntó la voz infantil.
—¿Cómo?
—Dígale al señor Kramer que no se mueva. Estaré ahí en seis minutos.
—¿Aquí?
—Dígaselo —repitió la voz infantil.
Y colgó.
El pequeño Earl levantó la vista, se puso en pie, dijo:
—Guau. Guau. Guauguau. —Y movió la cola. De un lado a otro, de un lado a otro.
Pero Wen no entendió nada. Wen nunca entendía nada.
—No es mamá, Munk —dijo.
¿Mamá?
¿Quién está hablando de mamá, estúpida?
El pequeño Earl volvió a tumbarse. Hundió la cabeza entre sus patas delanteras y esperó a que Wen volviera a la carga con el armario de seis puertas.
No tuvo que esperar mucho.
—Creo que sería perfecto para usted, Míster Munk. Apuesto a que siempre quiso tener un armario de seis puertas. ¿Se imagina la de trajes que le cogerían en un armario de seis puertas? ¿Por qué no se lo piensa?
El pequeño Earl se levantó y se refugió en su pequeño apartamento. Fingió estar viendo aquella especie de televisor. Y Wen se enfadó:
—Oh, vamos, Munk, ¿vas a decirme que no te gusta jugar a los muebles?
—¿Desde cuándo me gusta jugar a los muebles? —dijo el pequeño Earl.

Sonó así:

—GuuuU-A-Uuuu.

—Bah. —Wen bajó de la mesa, abrió el primer cajón de su escritorio y hundió en él el catálogo. Luego se sentó en la silla y se sopló las uñas durante siete minutos. Estaba a punto de volver a sacar el catálogo cuando el timbre de la puerta la sobresaltó—. ¿Quién será? —se preguntó, en alemán, poniéndose en pie.

Pero entonces sonó el teléfono.

Aquel zapato con antena.

Y Wen descolgó.

—¿Cariño?

Era Mamá Kramer.

—Oh, Munk, es mamá —le dijo al pequeño Earl, tapando el auricular.

—¿Estás con Gus, cariño? —preguntó Marion.

—Sí, mamá —dijo Wen.

El timbre volvió a sonar.

—¿Qué es eso? —preguntó Mamá Kramer.

—Es Munk. Está muy raro, mamá. No quiere jugar a los muebles.

—Oh, mi pequeño —se lamentó Marion, en alemán.

Así que era eso, pensó Wen, comprendiendo entonces por fin por qué el pequeño Earl no había querido jugar a los muebles.

—¿Era él, Munk? —le preguntó, después de leer la carta al menos una docena de veces, al pobre perro, que se había quedado dormido a los pies de la cama—. ¿MUNK?

El diminuto corazón del perro se detuvo (BUM-BUM) y, por un momento, el mundo, su mundo, el televisor de mentira, el sofá de juguete, la sonrisa sin dientes de Oliver, todo se detuvo, y sólo hubo silencio, silencio y una imagen congelada, la pecosa cara de aquella chiflada.

Luego un suspiro perruno:

—BRRRRuuu.

Y por fin el corazón reemprendió su marcha, y aquella chiflada dio un salto de la cama, lo cogió en brazos y salió de su cuarto, su despacho, con la fotografía de Kirk Cameron sobre el escritorio, y gritó, en aquel alemán macarrónico:

—¡TENGO UN CASO, MAMÁ! ¡UN CASO DE VERDAD!

6

Marvin ha matado a Mary Jane

Una mano golpeó una lata y la lata mojó la cama. Marvin creyó que la culpa la tenía la chica. ¿Qué chica?, se hubiera preguntado cualquiera que le echara un vistazo al cuarto de Marvin Rodríguez, propietario del Daily Bugle y del traje de Spiderman que había olvidado quitarse la noche anterior. Marvin había bebido más de la cuenta. Y, con toda seguridad, había gritado más de la cuenta. Mary Jane, aquel monstruo hinchado y pelirrojo, lo miraba desde el suelo con aquellos terribles ojos de goma. De un manotazo, la metió debajo de la cama. Los vecinos de Marvin tenían críos y los críos preguntaban. Querían saber quién era Mary Jane.

—Mierda, joder —susurró Marvin, dándose media vuelta. Dobló la almohada bajo su cabeza y tanteó la mesita de noche en busca de su paquete de Ducados. Lo encontró. Sacó uno, lo encendió y lo chupó con desespero—. Joder.

El menudo y delgado dependiente cogió la lata que había rodado sobre la cama y le dio un trago. PUAJ. Cerveza caliente.

—Puta mierda —dijo. Y lanzó la lata contra la pared. Luego eructó—. Joder.

Siguió tumbado en la cama hasta apurar el cigarrillo. Hojeó un par de cómics del Capitán América. Odiaba a Steve Rogers. Steve Rogers era el tipo que todo el mundo conocía como Capitán América. Pero, por suerte, Steve Rogers era historia. Alguien se lo había cargado. Pero ya lo habían sustituido. Los guionistas son tipos listos. Querían a un tipo con pistola. Marvin sonrió y se preguntó cuánto habría invertido la Sociedad Nacional del Rifle en Marvel para que el nuevo Capi fuera por ahí con una pistola.

—Brubaker de los cojones —dijo medio incorporándose. Ed Brubaker era el guionista de la nueva serie del Capitán América—. ¿Cuánto te paga Charlton Heston?

Charlton Heston, actor y ex presidente de la Sociedad Nacional del Rifle, algo así como un club de té para amantes de la pólvora, estaba muerto. De hecho, llevaba muerto más de un año.

Pero Marvin no solía leer el periódico.

—Bah. —Marvin acabó de incorporarse, dejando a un lado aquel par de cómics, y se quitó la máscara del disfraz—. Qué calor, joder.

Ya con los pies en el suelo, se rascó la cabeza. Las uñas se le llenaron de aquella grasa inmunda que cubría su pelo. Apagó el cigarrillo en la mesita de noche.

—¿Mary Jane? —preguntó. Y metió la mano bajo la cama—. Aquí estás, pequeña.

La muñeca emergió con su habitual expresión boquiabierta.

Marvin la colocó en la cama, sobre la mancha de cerveza. Tocó uno de aquellos pezones de plástico. Joder, pensó. Luego cogió a la muñeca por el cuello, la estranguló y la lanzó contra el armario.

—Oh, Dios, ¡maldita cosa del demonio! —dijo.

Se rascó la cabeza (RUSRUS), la miró, se puso en pie y la recogió.

—Oh, lo siento, cariño, lo siento mucho, ¿qué tal has dormido?

La muñeca pelirroja lo miró indiferente.

—Oh, mierda, ¡ZORRA ESTÚPIDA! —gritó, y volvió a meterla bajo la cama.

Luego miró el despertador. Eran casi las diez. Joder, las diez. Se suponía que la tienda abría a las diez.

—Mierda, joder. —Marvin volvió a sacar a Mary Jane de debajo de la cama—. Toda la culpa es tuya, zorra. Yo no tengo la culpa, la culpa es tuya. ¡ESTÚPIDA ZORRA!

Esta vez la arrojó al suelo y saltó sobre ella hasta que (PRIF) la reventó.

—Joder, mierda, mierda, ¿qué coño he hecho? —se preguntó, y, dándose golpes en la frente, repitió—: Oh, estúpido, estúpido, maldito estúpido, ¡ESTÚPIDO!

Luego pasó media hora arrodillado ante la difunta Mary Jane, pidiéndole perdón a aquel pedazo de plástico con peluca.

Para cuando llegó a la tienda, eran las once y media.

Y había alguien esperando en la puerta.

Alguien que sabía lo que era dormir embutida en un traje de superhéroe.

Sí, Wendolin Kramer.

—¿Me estás esperando? —preguntó Marvin, pasándose la mano por el pelo grasiento, sin atreverse a sonreír, por miedo a que el labio superior le temblara.

Wen asintió.

Wen también estaba nerviosa.

No había pegado ojo en toda la noche.

Había llamado a Piscis Deprimida. Pero no había hablado con ella, sino con un hombre que lo que quería era ver a un tal señor Kramer.

—Necesito que me ayude —le había dicho el hombre.

—¿Y no le sirvo yo? —había preguntado Wen, en alemán.

—¿Cómo? Señorita, dígale al señor Kramer que le veré mañana en la cafetería El Capitán Avena Loca. Está en la calle Pere IV, número 97.

—Ajá. —Wen anotó la dirección.

—A las ocho. Estaré hojeando el periódico. Dígaselo.

—Vale —dijo Wen. De repente, tenía la boca seca—. Pero, un momento, señor Piscis, ¿a quién tengo que decírselo?

Era una buena pregunta, pero el tipo ya había colgado.

—A lo mejor se ha equivocado de número —se dijo Wen.

El pequeño Earl aulló.

Y su aullido quería decir:

—Estúpida. Lo has llamado tú.

Wen pareció entenderlo, porque dijo:

—Oh, claro, no. Lo he llamado yo.

Así que se pasó la noche pensando en el señor Kramer.

Y llegó a la conclusión de que lo que pasaba era que el tipo había creído que ella era un señor. El señor Kramer. El anuncio por palabras era demasiado caro para añadirle un Wendolin. Así que en el periódico sólo era W. Kramer.

—William Kramer, claro —le dijo al pequeño Earl aquella mañana.

Y al instante sintió vértigo, un vértigo tremendo, al imaginarse persiguiendo a un supervillano. Porque eso era lo que quería el señor Piscis.

Seguro.

De ahí su visita al Daily Bugle.

—¿Y has esperado mucho? —preguntó el maloliente Marvin, subiendo la persiana, el metal oxidado chirriando en los rieles mal engrasados.

—Un poco —dijo Wen, que aquella mañana había hecho algo que no hacía desde que dejó el instituto, y de aquello hacía casi una década.

Había vuelto a ponerse su traje de Súper Chica.

7

¿De parte de quién, pequeño?

En el otro extremo de la ciudad, Roberta Glanton había levantado un imperio en torno a un misterioso personaje llamado Vendolin Woolfin. Sí, la misma Vendolin Woolfin por la que Erlinda Lago, la propietaria de la librería Woolfin, había sido expulsada de la biblioteca en la que trabajaba su ex amante, una masculina rubia llamada Rich. Y el imperio que había levantado Roberta Glanton llevaba por nombre Glanton Ediciones. ¿Y qué ocurría en Glanton Ediciones? Pues ocurría que todos estaban siempre MUY ocupados. No estar siempre MUY ocupado en Glanton Ediciones era sinónimo de tener los días contados sobre aquella moqueta. El fenómeno Woolfin había convertido al pequeño sello Glanton en toda una multinacional del sector. Antes de Vendolin Woolfin, Glanton ni siquiera era Glanton, se llamaba Moby Dick y se dedicaba a la edición de libros de pesca y pasatiempos relacionados con los frutos secos. Pero el fenómeno Woolfin lo había cambiado todo. Y el fenómeno no habría existido de no haber existido la gran (sí, GRAN) Roberta Glanton.

—Glanton Ediciones, ¿dígame?
—Uhm.
—¿Dígame?
—Co-co co-co con...

—¿Cómo dice?

—¿Con la señorita Glanton, por favor? —Parecía la voz de un niño.

—¿De parte de quién, pequeño? —dijo, melosa, la telefonista.

—¿No sabe quién soy?

—¿Su hijo? —preguntó la telefonista.

—Uhm.

—Un momento, pequeño.

Voz de Niño escuchó una música estúpida hasta que Roberta Glanton decidió que era el momento de descolgar. Pasaron uno, dos, tres siglos para Voz de Niño. En la calle, los perros olisqueaban farolas.

—No tengo tiempo para juegos, Francis —dijo Roberta al descolgar.

—No soy Francis —dijo Voz de Niño.

—Ah, es usted —dijo Roberta. Estaba sentada a la mesa de su despacho. Tenía una foto de su tortuga sobre la mesa—. Me lee el pensamiento. Estaba a punto de llamarle.

—Uhm.

—Tiene que hacerlo cuanto antes.

—Lo haré mañana.

—¿Ya?

—Creí que había dicho cuanto antes.

—Está bien. Tiene razón. —Roberta miró a uno y otro lado, como si esperara ver a alguien en su impoluto despacho de caro mobiliario blanco. Luego se atusó su cardada melena rubia. Sí, hacía un millón de años que el cardado había dejado de llevarse, pero eso a Roberta le traía sin cuidado—. Cuanto antes mejor. Si larga, estaré perdida.

—Sí.

—¿Cómo, eh, piensa, uh, hacerlo?

—Pasaré a recoger el cheque el jueves a primera hora. ¿Recuerda la dirección que le di? Tiene que dárselo a la camarera.

—Sí, sí. Pero para entonces ya lo habrá, ehm, hecho, ¿no?
—Sí.
—Joder. —Roberta suspiró, se mordió el pulgar, tragándose sin querer buena parte de su esmalte de uñas de color rojo sandía—. Y si, ¿y si me arrepiento?
—Esto no es como ir de compras, señorita Glanton.

Oh, Francis. ESTÚPIDO FRANCIS. ¡Podríamos haber sido TAN felices! ¡Tan condenadamente, OH!

—Nos vemos el sábado a primera hora, señorita Glanton —sentenció Voz de Niño.

Roberta asintió en silencio.

Voz de Niño colgó.

Roberta se enjugó las lágrimas y susurró:

—Estúpido Francis.

A su alrededor, todo el mundo seguía MUY ocupado. Vendolin había convertido a Moby Dick en un panal de abejas taquicárdicas.

8

Quiero un superhéroe detective

Marvin le había prestado su taburete a la chica. La chica, Wen, estaba sentada en él, al otro lado del mostrador, hojeando cómics de Will Eisner. Marvin estaba sudando. No se atrevía a mirarla a la cara. Se miraba las manos, las uñas negras, los nudillos resecos. El bueno de Marvin Rodríguez, que odiaba a Marvin Gaye y a su madre y se metía en la cama disfrazado de Spiderman. Marvin en su tienda, respirando el mismo aire que Mary Jane, aquella versión de carne y hueso de su muñeca hinchable, y sin atreverse a mirarla a la cara. Sin poder despegar la vista de sus uñas negras.

—¿Y dices que es detective? —preguntó Wen.

Llevaba más de media hora hojeando viejos números de Spirit.

Spirit era un tipo que se había muerto y luego había vuelto a la vida para luchar contra el crimen. Spirit era lo más parecido a un detective que ha pasado por los cómics de presuntos superhéroes. Y eso era precisamente lo que andaba buscando la chica.

O eso le había dicho:

—Necesito cómics de superhéroes detectives.

Tras su encuentro en la calle, la chica había esperado fuera a que Marvin entrara, encendiera las luces y se colocara tras el mostrador. Mientras lo hacía, había visto a una mujer hablar con una revista. La revista estaba en el suelo, hecha pedazos. Despeinada y aburrida, la mujer, que era francamente vieja, había cogido la portada, o lo que quedaba de ella, y le había dicho:

—Palomas de mierda.

Luego había mirado a Wen y había escupido en el suelo, a su lado.

—Qué. —Ésa era la vieja, desafiándola a rechistar.

¿Y qué se suponía que debía hacer Wen?

¿Acaso no llevaba su traje de Súper Chica?

¿Y por qué no hacía nada contra ella?

¿Qué podía hacer? ¿Reprenderla? ¿Decirle que la ciudad, su sucia ciudad, no era un escupidero? ¿Acaso no lo parecía?

A todo esto, su ciudad era Barcelona.

Barcelona había sido una ciudad bonita, había tenido un puerto decadente, bohemia, travestis, cafés, una revolución, bombas, otra revolución, más travestis, un montón de cines de una sola sala, y unas Olimpiadas. Y después de las Olimpiadas, ¿qué? Después de las Olimpiadas, nada. Se había metido a escaparate.

Así que, ¿qué podía decirle a aquella vieja?

—Escupa si le apetece. Todo el mundo lo hace.

Sí, eso podría haberle dicho. Pero no había dicho nada.

Y la vieja se había ido, y Wen había entrado en la tienda.

—Necesito cómics de superhéroes detectives —había dicho al entrar.

—¿Como Spirit? —había dicho Marvin.

—¿Quién es Spirit?

—Es un detective con antifaz. Una especie de superhéroe.

—Ah. Bueno. —Wen parecía desilusionada—. ¿Y no tienes nada de Súper Chica?

—¿Súper Chica detective? —Marvin empezó a mirarse las manos, a mirar el mostrador, pegajoso y polvoriento—. Creo que no.

—¿Ningún *What If*? —Wen no pensaba darse por vencida.
—Creo que no.
—¿Y entonces?
—Spirit —insistió Marvin.

Y por eso Wen se había sentado en el taburete. Marvin le había traído un montón de números y le había ofrecido el taburete.

—Míratelos con calma —le había dicho.

Y ella había dicho:

—Vale.

Y se había sentado. Así que allí estaba.

—¿Y dices que es detective?

—Sí.

—Pues no lo parece. ¿Y el anuncio? ¿No ha puesto un anuncio en el periódico?

Aquello pilló desprevenido a Marvin.

—¿Un anuncio?

—Son muy caros.

—No creo que Denny Colt necesite poner un anuncio en el periódico.

—¿Quién es Denny Colt?

—Spirit.

—Pero ¿y si lo llamara un cliente y creyera que es una mujer?

—¿Quién, Denny?

—No, el cliente. Si el cliente creyera que Denny es una mujer, ¿qué haría Denny? Imagínate que queda con él en una cafetería, por ejemplo. ¿Iría vestido de mujer?

Marvin frunció el ceño. La pelirroja lo miraba concentrada, como si esperara una auténtica respuesta. Pero ¿qué respuesta podía darle? ¿Cómo iba a vestirse Denny Colt de mujer? ¿Denny Colt? ¡Ni que estuviéramos hablando del presumido Exterminador de Tontos!

El Exterminador de Tontos era un supervillano. Había intentado matar a Spiderman. Decía que Spiderman era tonto y que, puesto que él era el Exterminador de Tontos, no tenía más remedio que matarlo. Pero cuando descubrió que tratar de matar a Spiderman era aún más estúpido que ser Spiderman, intentó pegarse un tiro.

¿Y qué ocurrió entonces?

Que Spiderman se lo impidió.

—¿Te importa si fumo? —preguntó Marvin.

Wen hizo un ademán negativo e impaciente con la mano. Marvin encendió un Ducados. Le ofreció el paquete a la chica. Wen negó con la cabeza e insistió:

—¿Qué crees que haría?

—¿Lo dices en serio? —Marvin buscó el cenicero. Lo puso sobre el mostrador. Le dio una calada al cigarrillo y lo dejó en el cenicero.

—Claro —dijo Wen, y lo dijo en alemán, porque se le escapó. Le ocurría a menudo, sobre todo cuando estaba nerviosa, o cuando hablaba con desconocidos.

—¿Cómo?

—Oh. Lo siento —dijo, ruborizándose—. Es alemán. A veces hablo en alemán.

—Alemán —dijo Marvin. Y no supo qué más decir. Seguía sin atreverse a mirarla. Volvió a coger el cigarrillo—. Pues no creo que Denny se vistiera de mujer.

—¿No?

—De todas formas, no es de ese tipo de detectives. De hecho, no es exactamente un detective. Más bien es una especie de Robocop, ¿has visto *Robocop*?

—No. —Wen lo miró intrigada. Marvin levantó la vista un segundo y la vio, la vio y lo siguiente que hizo fue hablar, y el labio superior le tembló ligeramente al hacerlo.

Marvin dijo:

—Robocop era poli. Lo cosieron a balazos y se murió. Pero consiguieron devolverlo a la vida convertido en una especie de robot. Y se dedicó a meter a los malos en chirona. Es una peli de los ochenta.

—Entonces no me sirve —dijo Wen, devolviéndole el montón de cómics.

—¿Por qué?

—Quiero un superhéroe detective.

—No hay un superhéroe detective.

—Pues entonces nos vamos —dijo Wen, poniéndose en pie—. Vámonos, Munk.

El pequeño Earl había estado dormitando bajo el taburete. Al oír la voz de Wen, que había dicho la última parte en alemán, sólo para sus oídos, se puso en pie de un salto. No quería que aquella chiflada volviera a estropearle el peinado tirando más de la cuenta de la correa. Aquella tarde tenía cita con el psiquiatra.

Y había quedado con Oliver.

—Si quieres, puedo preguntar —dijo Marvin, con el corazón (BUM-BUM-BUM) amartillándole el pecho—. A lo mejor encuentro algo.

Wen ya tenía el picaporte en la mano, iba a marcharse sin ni siquiera despedirse.

—Bueno —dijo, dándose media vuelta.

Marvin se apresuró a buscar su libreta de cuentas. La encontró, la abrió sobre el mostrador, pasó un par de páginas con dibujos de Spiderman, y dijo:

—Si me das tu-tu nombre y tu-tu número...

—Wendolin Kramer —dijo la chica, y añadió un número de teléfono.

—Muy bien. Te-te llamaré si-si encuentro algo.

—¿Y el tuyo? —dijo Wen, abriendo el bolso y buscando su mastodóntico Alcatel.

—¿El mío? —Marvin no podía estar más sorprendido.
—A lo mejor necesito preguntarte algo.
¿Algo como qué?
¿Haces algo esta noche?
Marvin a veces podía ser francamente ingenuo.

Lo único que quería Wen era saber si debía ir vestida de hombre a su cita con el señor Piscis. Pero eso Marvin no podía saberlo. Aunque podía sospechar cierto interés, no lo hacía. Marvin prefería pensar en otra cosa. Prefería pensar en lo que había bajo la gabardina de Wen. Ja, no lo habría adivinado ni en un millón de años.

Sí, su traje de Súper Chica.

El caso es que le dio su teléfono.

9

Si va en serio, cariño, date por muerto

El anuncio ocupaba buena parte de la página 73 de las Páginas Amarillas. En la letra (D), de detectives. Las Páginas Amarillas son al mundo de la pequeña empresa lo que a las abejas una antología de Sylvia Plath, esto es, una especie de Biblia, sólo que en versión directorio telefónico. En dicho directorio existía la opción de ser simplemente citado o de pagar un poco más y aparecer a lo grande. Francis era de estos últimos, por eso su anuncio ocupaba buena parte de la página 73. El anuncio decía:

AVERÍGÜELO YA. LLAME A FRANCIS DÓMINO. NO SE ARREPENTIRÁ.

Y estaba patrocinado por Detective Atractivo S.A., una empresa de contactos encubierta. Era el teléfono de dicha empresa el que sonaba cuando alguien marcaba el número que aparecía en el anuncio. Francis había llegado a ser su mejor *agente*, había llegado a tener hasta tres amantes por día. Realmente había muchas mujeres deseosas de acostarse con un detective, un supuesto detective, aunque en el caso de Francis esto no era del todo cierto, porque él realmente había sido detective antes que, admitámoslo de una vez, gigoló. Pero de eso hacía mucho tiempo.

Francis Dómino se había dejado reclutar por Detective Atractivo hacía tres años.

Tres años en los que su colección de cajetillas de cigarrillos no había dejado de crecer.

Cada una de sus conquistas (a menudo Francis burlaba su acuerdo con Detective Atractivo e iniciaba pequeñas y provechosas aventuras con sus clientas más atractivas) le prometía una nueva cajetilla de cigarrillos, más rara que la anterior, y siempre la conseguía. A veces, por las noches, mientras esperaba a que el sueño lo atrapara, Francis se preguntaba cómo conseguían esas mujeres las cajetillas.

Entonces se encogía de hombros y se decía:

—¿Acaso importa?

Y luego se reía.

Sí, digamos que Francis Dómino era un tipo listo, y que, en tales circunstancias, toparse con Roberta Glanton no había sido más que el jaque mate de una partida que lo había mantenido a base de caviar y lencería de encaje desde que decidió cambiar la cámara de fotos por las esposas de peluche.

Siempre has sido demasiado guapo, le dijo una vez Linda.

—¿Sabes una cosa, Nancy? Todavía la echo de menos. —Francis estaba hablando con la fotografía de Nancy Sinatra que presidía su despacho.

Estaba sentado con los pies sobre la mesa rascándose la cicatriz del pulgar. No tenía nada mejor que hacer. Había llamado a Roberta y le había dicho que aquel mismo viernes tenía una entrevista con Clay Gómez.

—¿Y quién demonios es Clay Gómez? —le había preguntado Roberta.

—El corresponsal del *New York Times* en Barcelona.

—¿QUÉ?

Sí, Francis Dómino tenía contactos. Y sus contactos tenían

otros contactos. Y entre ellos estaba Clay Gómez, dispuesto a escuchar lo que tenía que decirle.

¿Y qué tenía que decirle Francis a un periodista del *New York Times*?

Francis iba a contarle la verdadera historia de Vendolin Woolfin.

—No te atreverás —estaba diciendo Roberta en aquel preciso instante.

—¿Por qué no?

—¡Después de todo lo que he hecho por ti, Francis!

—¿Tú? Dirás de lo que YO he hecho por ti.

—Ooooh, Francis, ¿por qué no eres como todos los demás? ¿Qué tiene de malo el dinero? ¿Por qué no quieres DINERO?

—Roberta, tengo mucho dinero. Más dinero del que podría gastar en tres vidas. No quiero más dinero. Quiero que todos sepan quién soy.

—Oh, no. —Roberta suspiró—. Eso no puede ser, Francis. ¡Teníamos un trato!

—Ya no.

—¿Cómo que no? ¡Hicimos un trato, Francis!

—Roberta, pienso hablar con ese periodista.

—No lo dices en serio —dijo Roberta Glanton, multimillonaria ex agente y editora, y en su despacho, con los pies sobre la mesa, un par del cuarenta y cinco en piel de cocodrilo azul marino, Francis Dómino le guiñó un ojo a Nancy Sinatra.

—Claro que hablo en serio. Pienso contárselo todo a Clay Gómez.

—¿Quieres hundirme, Francis? ¿Es eso? Dime qué he hecho. DÍMELO. ¿He hecho algo malo? ¿Te he hecho daño? ¡DIME QUÉ QUIERES!

Francis se rió. Luego encendió un cigarrillo. Sin prisa. Prendió un fósforo en una de las esquinas de la mesa y aspiró. Uau. Estupendo. Exhaló una calada. Dijo:

—No hay salida esta vez, Robbie. Sólo quiero ser famoso.

—¿Y crees que, oh, no, crees que así te harás famoso? —Roberta no podía creer que fuera tan estúpido. ¿Acaso se había enamorado de un estúpido? ¿De veras creía que se iba a hacer famoso?—. No me hagas reír, cariño, ¡JA! ¡Así nunca serás famoso, Francis! ¡Así lo único que conseguirás es hundirte para siempre, ESTÚPIDO! ¿Es que no te das cuenta?

—Si es así, ¿por qué te pone tan nerviosa, cielo?

—¿Nerviosa? ¿Quién está nerviosa, Francis?

—No deberías temer por tu imagen, Robbie. No pienso ensañarme con nadie.

—No lo hagas.

—¿Estás amenazándome?

—A lo mejor sí.

—Vaya, la chica lista me amenaza. ¿Te recuerdo quién soy, cielo?

—¿Te recuerdo que mi fortuna siempre tendrá seis ceros más que la tuya?

Francis dudó. Roberta aprovechó para sentenciar:

—Si va en serio, cariño, date por muerto.

—¿Por, uh, (COF) (COF), muerto? —Francis se atragantó con el humo de su cigarrillo. Un Pond de 1983—. ¿De qué estás hablando, Robbie? ¿Robbie? ¡No me cuelgues, Robbie!

Pero Robbie ya había colgado.

Y Francis no podía soportar ser el último en colgar.

Así que, por si alguien más estaba escuchando, gritó:

—¡NOS VEMOS EN EL INFIERNO, CIELO!

Y colgó.

Luego acabó su Pond del 83.

10

Mis problemas con los gatos

Un lunar peludo o un bigote en forma de lenteja. Wen no sabía qué pensar. El psiquiatra del pequeño Earl parecía de otro planeta. Tenía cara de caballo y ojos de gato. Le había pedido a Wen que no se asustara. (SON LENTILLAS), había dicho, (ASÍ LES RESULTO MÁS CERCANO), había añadido. Era un consejo de su propio psiquiatra.

—Oh, claro —había dicho Wen.

El despacho de Don García, psiquiatra de mascotas, estaba situado en un oscuro piso de la calle Londres. El piso sólo tenía una ventana, que en realidad era la puerta cristalera de una pequeña terraza, y se encontraba en el despacho de Don. El resto del piso, en el que operaban una peluquera canina y una veterinaria en prácticas dedicada a sacrificar animales enfermos, era interior. Sí, es cierto que había pequeños ventanucos en las otras habitaciones, pero todos daban a una especie de patio de luces con vistas al transformador eléctrico que suministraba luz, día y noche, al badulaque de la esquina.

—Siento decirle que el pequeño Earl no prospera —dijo Don García.

—¿Earl? ¿Quién es Earl?

El pequeño Earl se revolvió en su regazo. Dijo:

—Yo. —Sonó—: Guau.

—Su perro —dijo el psiquiatra.

—Mi perro se llama Munk.

—¿Munk? —Don, un tipo alto y muy ancho de espaldas, oh, ciertamente tenía más aspecto de guardaespaldas que de psiquiatra, miró al pequeño Earl intrigado. El perro pareció encogerse de hombros—. Está bien, como prefiera.

—¿Qué le pasa?

—Está triste.

—¿Todavía?

—Señorita, su perro está deprimido —dijo Don. Abrió con una de sus manazas el cajón inferior de su escritorio y se puso unas diminutas gafas de cristal rosado, a juego con su bigote tamaño lenteja—. Muy deprimido.

—Pero ¿no le iba a curar usted?

—¿Cree que es tan fácil? —Don se quitó las gafas, quería parecer distinguido, y dio un trago a la taza que tenía sobre la mesa. Lo que había dentro le pareció repugnante. ¿Qué debía ser? ¿Café? ¿Y cuánto tiempo llevaría allí?—. Señorita, su perro no mejorará si sigue saliendo con ese gato.

—¿Qué gato?

—Oliver —informó Don, devolviendo la taza a su posavasos. El psiquiatra era un amante del orden. Creía en el orden por encima de todas las cosas.

—¿Quién es Oliver, Munk? —El pequeño Earl hundió la cabeza entre las patas—. Munk no conoce a ningún Oliver.

—Oh, puede que no se vean fuera de aquí, pero lo que es aquí son inseparables. Y permítame que le diga una cosa, señorita Kramer, ese gato sin dientes no le hace ningún bien al pequeño Munk.

—¿Quién es ese gato, Munk? —Wen alzó al pequeño Earl y, mirándolo a los ojos, le preguntó—: ¿Qué te ha dicho siempre mamá de los gatos?

—No le riña, hágaselo entender con cariño, su perro es un

buen perro y todos aquí lo queremos, y por eso queremos que vuelva a ser el que era y deje de atormentarse con ese caniche. El próximo día probaremos con terapia de choque.

—¿Terapia de choque?

El pequeño Earl arqueó las cejas.

—Simularemos un encuentro con ese caniche —susurró Don.

Por supuesto, el doctor se refería al caniche de color azul marino que le había arrebatado el Hueso de Oro en la pasada edición del Mundial de Belleza Canina. El suceso había tenido lugar en Milán, el septiembre pasado, es decir, hacía siete meses, y desde entonces el pequeño Earl no había levantado cabeza. No había querido presentarse a ningún otro concurso, ni siquiera había consentido que lo llevaran a la peluquería, y andaba obsesionado con que nadie le estropeara un peinado que ya era historia.

—Oh, Munk —dijo Wen, alzando al pequeño rusty de color rosa, que gruñó y le enseñó los dientes (GRRR)—. ¡Oh, mire, doctor! ¡Se está enfadando! Oh, Munk, no te enfades, todo el mundo sabe que merecías ese hueso.

Don se recostó en su crujiente sillón (CRICRAC) y, sin querer, cruzó su mirada con la versión papel cuché de Karl Mars. Karl Mars había sido compañero de Don en la universidad y en aquellos momentos era el psiquiatra canino más famoso del mundo. Don había enmarcado una foto suya y la había colgado en la pared.

Solía discutir con ella cuando se quedaba a solas.

—Entonces ¿se pondrá bien? —preguntó Wen, cuando consiguió consolar al pequeño Earl.

—Claro que sí, señorita.

—¿Y cuándo cree que será eso?

Don hizo una pirámide con sus manazas ante su nariz.

—Tendremos que esperar a ver cómo responde a la terapia de choque.

—¿Va a traer aquí al caniche italiano?

Además de azul marino, el caniche era italiano. De Nápoles, para más señas.

El psiquiatra se rió. Tenía una papada inmensa. Se extendía prácticamente de un hombro a otro. Dijo:

—Oh, no. Tenemos muñecos para eso.

(MUÑECOS), pensó Wen. Ojalá en su mundo existieran los muñecos. Muñecos del tamaño de personas que pudieran sustituirte cuando, por ejemplo, un cliente te llamaba creyendo que eras William Kramer en vez de Wendolin Kramer y esperaba verte en una cafetería a las ocho de la tarde.

De aquella misma tarde.

—¿Se encuentra bien? —preguntó el doctor.

—Sí —dijo Wen, con el pequeño Earl todavía en su regazo—. ¿Le sigo dando esas pastillas? ¿Las azules?

Don asintió, luego fingió echar un vistazo al historial de su próximo paciente. Se puso sus diminutas gafas de cristal rosado.

—Subiremos a una al día. Porque le daba usted media, ¿verdad?

—Sí. —Wen se mordió el labio inferior. No podía dejar de pensar en muñecos.

—Muy bien. —Don se miró el reloj. Tenía la próxima visita en tres minutos.

—Doctor.

—¿Sí?

—Si alguien creyera que usted es una mujer y no lo es y hubiera quedado con ese alguien, ¿qué haría?

—¿Si alguien creyera que yo soy una mujer?

Wen asintió.

—¿Y por qué iba alguien a creer algo así?

—Porque cuando lo llamó creía que estaba hablando con su secretaria.

—No la entiendo.
—¿Qué haría?
—Decirle que no soy una mujer.
—¿Y si no pudiera?

Don se rascó la barbilla. Solía rascársela cuando se paraba a pensar.

—¿Por qué?
—Porque a lo mejor odia a los hombres.
—¿Por qué iba a odiarlos?
—La señorita Erlin los odia.
—¿La señorita Erlin?
—Sí. Imagine que ha quedado con la señorita Erlin y no puede decirle que es un hombre, ¿qué haría usted? ¿Se vestiría de mujer?
—¿Por qué tendría que quedar con ella?
—Por trabajo —dijo Wen y luego añadió para sí, en un susurro—: Claro, eso es, Wen. A lo mejor el señor Piscis odia a las mujeres.

Don García adoraba el orden y la disciplina, y el masoquismo sentimental. Había una razón por la que el doctor seguía soltero y no tenía nada que ver con su papada. Don era adicto a los amores imposibles.

—¿Cuántos años tiene esa señorita Erlin?
—Oh, no sé. —Wen lo miró—. ¿Cuántos tiene usted?

El doctor carraspeó. Dijo:

—Cuarenta y uno.

En realidad tenía cuarenta y seis.

—Pues como usted —dijo ella.
—Interesante —dijo Don—. ¿Y dónde dice que vive esa mujer?
—No se lo he dicho. Tiene una librería.
—Anóteme su dirección. Pasaré a verla un día de éstos.
—¿Para qué?

—Me gustan las librerías —mintió el doctor, que, por cierto, era rubio, allí donde aún le quedaba pelo, y tenía unos ojos de color azul bajo las lentillas gatunas—. Y a lo mejor puedo echarle una mano con su problema.
—¿Qué problema?
—Su problema con los hombres.
—Oh. —Sí, Wen era demasiado ingenua—. Ya. ¿Y yo qué hago?
—¿Usted?
A Don García le traía sin cuidado lo que hiciera aquella chiflada pero volvió a escuchar su absurda historia y cuando creyó que había terminado, dijo:
—Hágase pasar por su secretaria.
Y, tras un dubitativo silencio durante el cual la chica procesó la información y se imaginó fingiendo ser su propia secretaria, mejor dicho, la secretaria de William Kramer, la enorme caja de dientes que Wen tenía por boca se estiró en una sonrisa triunfal.

11

Plantillas para deportivas y colonia de bebé

Wen no lo sabía pero Erlinda Lago, Erlin, propietaria de una librería llamada Woolfin y responsable de un poco concurrido club de lectura sobre la obra de dicha autora, la hasta hace poco desconocida aunque ahora célebre Vendolin Woolfin, había recuperado su preciado carnet de biblioteca. Se lo había devuelto Rich, su ex amante, la masculina rubia de pelo rizado, que, en realidad, no se lo había confiscado oficialmente, sólo se lo había secuestrado con la intención de que Erlin le hiciese una última visita a su cuarto empapelado con fotos de Scarlett Johansson. Erlin había caído en la trampa. Tampoco le había costado convencerla, pues habitualmente Erlin se limitaba a dejarse hacer en aquella cama que olía a plantillas para deportivas y colonia de bebé.

Rich tenía un pequeño monstruo.

En realidad no era hijo suyo, sino de una ex, Manu, una cantante punk que, tras vivir una temporada con Rich, había recordado que le gustaban los hombres y había vuelto con el padre de Simón. Se había largado una mañana de domingo. Había dejado al niño en una cesta de la compra con una carta en la que decía:

Que os jodan a ti y a Scarlett.

Y Rich se había limitado a hacer una bola de papel con la carta y a decirle a su póster favorito:

—Bien, por fin solas, Scarlett, ¿qué quieres para desayunar?

El pequeño Simón había pasado de tener dos madres a tener una, y un montón de llamativo papel cuché. Por suerte, era demasiado pequeño para darse cuenta de que compartía techo con una mujer que hablaba con las paredes.

—¿No has vuelto a saber nada de ella? —le preguntó Erlin.

—No —dijo Rich.

Acababan de entrar en el minúsculo apartamento de la bibliotecaria. Consistía en tres cuartos idénticos y un microscópico cuarto de baño. Uno era la cocina, el otro el salón dormitorio de Rich y el tercero, la habitación de Simón.

—¿Y qué piensas hacer con ese niño?

—Es mi hijo —dijo, convencida, Rich.

Erlin se echó a reír. Tenía una risa estúpida. Sonaba así: JOJI JOJI.

—¿De qué te ríes?

—¿Es hijo tuyo y de quién más?

—Mío y de Scarlett.

—¿La tenista?

—Scarlett es actriz.

—JOJI JOJI JOJI —rió Erlin.

—¿Qué te hace tanta gracia? ¿Me río yo de esa farsante de Vendolin?

—¿A QUIÉN ESTÁS LLAMANDO FARSANTE, RICH?

—¿A QUIÉN LLAMAS TÚ TENISTA? —rezongó Rich.

Las dos mujeres se encararon, prácticamente frente contra frente, como un par de personajes de Peter Bagge. Peter Bagge es un dibujante obsesionado con la Generación X, con las familias disfuncionales y con los coleccionistas de muñecos de los Picapiedra que se parecen a John Goodman.

John Goodman es un actor de cine que hizo de Pedro Picapiedra en una película. Y los tipos que coleccionan muñecos que se parecen a él lanzan miradas semejantes a las que se dirigían en aquellos momentos Rich y Erlin cuando se topan con uno de ellos. Quién sabe lo que pasa por sus cabezas.

El caso es que Erlin y Rich se encararon durante tres segundos que al pequeño Simón le parecieron tres millones de años. El pequeño Simón las observaba desde una mantita que Rich había extendido en el suelo. Hasta que oyó el primer grito, el pequeño había estado tratando de coger a la vez un osito de peluche, un sonajero con forma de pez y el libro de Robert Sheckley que Rich estaba leyendo y que había dejado en la manta al levantarse para abrir la puerta.

Simón tenía una de las patas del osito en la mano cuando, pasados los tres segundos, hizo un mohín de disgusto y se echó a llorar, pensando, quizá, que una de las dos iba a comerse a la otra y que, de ser así, su mamá de carne y hueso sería la *otra*.

—¡BUAAAAA! —gritó el pequeño Simón.

—¡MIRA LO QUE HAS CONSEGUIDO, ESTÚPIDA! —gritó Rich. Cogió al niño en brazos y empezó a mecerlo: Ya, pequeño, ya, tati-tati-tati.

—¿YO?

—¡NO, ERLIN, YO!

—¡HA SIDO TU TENISTA!

—¡OH! ¡SERÁ POSIBLE! ¡SAL DE MI CASA AHORA MISMO!

—¡QUIERO MI CARNET!

—¿Quieres saber una cosa, Erlin? ¡ESTÁS LOCA! —De repente, Rich se acercó a la televisión y abrió el cajón que había justo debajo. Sacó un pedazo de cartón azul y se lo tiró a la cara—. ¡COGE TU MALDITO CARNET Y SAL DE MI CASA! ¡AHORA!

—Con mucho gusto, Rich, con mucho gusto —dijo Erlin, recogiendo el carnet del suelo y metiéndoselo en el bolso—. Ha sido un placer, querida.

—Si vuelvo a verte por la biblioteca llamaré a la policía.

El pequeño Simón seguía llorando.

—¿Y qué les dirás? Deténgala, agente, odia a mi tenista. —Erlin imitó su marcado y tosco acento andaluz. Sabía que Rich odiaba que lo hiciera y se apartó justo a tiempo. Rich le tiró uno de los potitos del pequeño Simón, que se estrelló contra su foto favorita de Scarlett, convirtiéndola en un montón de arenas movedizas sabor melocotón.

—¡OOOH, MIERDA! ¡MIRA LO QUE HAS HECHO, ESTÚPIDA!

—¿Yo? —dijo Erlin ya de pie.

—¡LARGOLARGOLARGOLARGO! —Rich la empujó hasta la puerta y, cuando se aseguró de que quedaba del otro lado, PLAAAM, cerró de un portazo.

—JOJI JOJI JOJI —rió Erlin del otro lado.

¿Para qué quería aquel pedazo de plástico?

¿Acaso no tenía una librería?

Sí, tenía una librería, pero también tenía un marido y no por ello había dejado de salir con chicas. Aunque no le gustaba demasiado. En realidad lo hacía porque Vendolin Woolfin lo había hecho. O, al menos, lo había deseado. Y Erlin creía en la escritora de la misma manera que la abuela de Wen había creído en Dios y Marion Kramer creía en Lindsey Buckingham, Clark Kent y Raphael.

Como se cree en algo que está por encima del Bien y del Mal.

Como se cree en los superhéroes, los extraterrestres y Santa Claus.

12

Comerse al tío Lorenzo I

Los Kramer, en realidad los Durán Rijoso, vivían en un pequeño y oscuro piso de renta antigua de la calle Vidre. Era un tercero, no había ascensor, y los escalones apenas eran aptos para pies del número treinta y seis. Los techos eran bajos y los cuartos eran pequeños y, aunque tenía dos balcones, la única vista era el lujoso apartamento que un par de escritores, afincados en Buenos Aires, alquilaban por días a turistas. La calle era tan estrecha que prácticamente podía decirse que los Kramer cenaban con una pareja o una familia distinta cada noche. Para ver la luz del sol, tenían que salir a la calle y caminar hasta la Plaza Real, que les quedaba a la vuelta de la esquina.

La Plaza Real era, por entonces, una plaza inmunda rodeada de restaurantes con cartas cuyos platos los vecinos sólo podrían haber pagado a plazos, y habitada por palomas con tendencias suicidas y borrachos de tetrabrik, a menudo demasiado abrigados, gritones y malolientes. Lo más probable es que siga siéndolo.

—Ron. —Mamá Kramer estaba sentada en su sillón de coser, con una revista sobre las rodillas—. ¿Has visto la hora que es?

Su marido se rascó la cabeza, apagó el televisor y se puso en pie.

—Voy —dijo.

Ron Kramer era un tipo afortunado. Salía de casa cinco minutos antes de entrar a trabajar. Ron trabajaba en uno de esos restaurantes de precios escandalosos.

Sólo que no era exactamente un restaurante.

Era más bien un bar de tapas.

Tapas, concepto que en Barcelona equivale a tres patatas fritas, siete si hablamos de una ración generosa, un montoncito de mayonesa y una gota de tabasco.

—Ron —dijo Marion.

El hombre la miró.

—Las gafas.

—Marion.

—¿Qué te he dicho?

—No tienen cristales.

—¿Y?

La razón por la que Ron Kramer llevaba gafas sin cristales era que en realidad no las necesitaba. Sólo las llevaba porque Marion se lo pedía. Mejor dicho, porque Marion se lo exigía. Marion quería que su marido fuera Clark Kent.

Clark Kent versión camarero.

Ron se puso las gafas.

Marion asintió. Luego dijo:

—Tenemos que hablar.

—¿Y ahora qué pasa? —preguntó el hombre, cansado.

—Nos quedan cuarenta euros en la cuenta.

—¿Cuarenta?

—Cuarenta.

Sin el empujón del Hueso de Oro, la economía de los Kramer era insostenible. Pero Ron no tenía ni idea. Ron se limitaba a ir al trabajo y, a la vuelta, sentarse a ver la televisión. Su mujer se encargaba de todo lo demás.

Incluido su masaje de los miércoles.

Marion no podía vivir sin su masaje de los miércoles.

Y estaba empezando a temer por él.

Así que había tomado una decisión. Ron tendría que buscar trabajo.

Otro trabajo.

—¿Cómo es posible?

—Las facturas del perro —dijo Marion y, alargándole a su marido el periódico del domingo, añadió—: Toma. Échale un vistazo.

Ron lo cogió. Le echó un vistazo. Sólo era un periódico doblado por la página de clasificados. Dijo:

—¿Para qué?

—Busca trabajo —le ordenó Marion.

—¿Trabajo? ¡Ya tengo un trabajo!

Marion nunca reconocería que era el trabajo de Ron el que pagaba las facturas, hasta que las facturas habían empezado a subir más de la cuenta.

—Me refiero a *otro* trabajo.

—¿Quieres que tenga dos trabajos?

—No, quiero que dejes tu trabajo y busques otro en el que cobres más.

—Pero ¡no puedo dejar a mi tío Lorenzo!

—¿Por qué no? Echa un vistazo al periódico, Ron.

El hombre lo miró de soslayo y luego lo dobló por la mitad. Dijo:

—Cariño, mi tío Lorenzo siempre se ha portado bien con nosotros. ¿Qué sería de nosotros sin él? ¡Nos dejó este piso, por Dios santo!

—Este piso apesta, Ron, y lo sabes. Y además, ¿acaso no nos cobra alquiler?

—¡Una miseria!

—¿Y no seguiría cobrándolo aunque dejaras el trabajo?

—No pienso dejarlo.

—Y cuando se nos acabe el dinero, ¿qué pretendes que hagamos, Ron? ¿Comernos al tío Lorenzo? —Marion se puso en pie y le quitó el periódico.

—Cariño...

—Busca otro trabajo, Ron —insistió, severa—. O me iré de casa.

—No pienso hacerlo —dijo Ron, que tenía un nudo del tamaño de una naranja en la garganta, pero que a la vez había empezado a fantasear con la idea de que su mujer estuviera hablando en serio.

Y Marion iba a decir algo, pero el ruido que hizo la puerta de la calle al cerrarse la detuvo. Wen estaba en casa.

—Me voy a trabajar —dijo Ron.

—Oh, vete a la mierda, Ron —dijo Marion, en alemán.

Ron se metió las manos en los bolsillos y se internó en el oscuro pasillo. Marion estrujó el periódico, lo estranguló, como si en vez de un montón de papel fuese un limón y pudiese exprimirlo. Luego contó hasta tres y esbozó una sonrisa.

La dulce sonrisa de labios rojos con la que recibió a su hija.

—Hola, cariño —le dijo, en alemán.

La puerta volvió a abrirse y volvió a cerrarse.

Ron se había ido.

—Buenas noticias, mamá —dijo Wen, en alemán.

—¿Cómo de buenas? —preguntó Marion, también en alemán.

—El doctor dice que Munk se curará en cuanto deje de ver a Oliver.

—¿Oliver?

—Munk tiene un amigo en la clínica.

—¿Qué clase de amigo?

—Un gato.

—Mierda —dijo Marion, en alemán, por supuesto.

Marion Kramer siempre había sospechado que al pequeño

Earl le gustaban, oh, Dios no lo quisiera, los gatos. De ser así, realmente su masaje de los miércoles tendría los días contados, como parecía tenerlos después de todo, pues en los planes de Marion figuraban un par de monísimos nietos caninos que algún día se pelearían por suceder al pequeño Earl.

—Ya.

—Perro estúpido —dijo Marion.

—No te enfades, mamá.

—No, sí me enfado, Wendolin —dijo Marion—. ¿Y sabes por qué me enfado? Pues porque no tenemos dinero y tu padre no quiere buscar otro trabajo.

—¿No tenemos dinero?

—No.

—¿Y qué vamos a hacer?

—No lo sé.

—Pero yo tengo un caso —dijo Wen.

Wen estaba de pie, junto a su madre, en mitad del salón. En el salón de los Kramer había una mesa, cuatro sillas, un sofá de tres plazas, un póster de Supermán, un televisor de 29 pulgadas, un tocadiscos integrado en una minicadena, dos altavoces y tres vinilos de Fleetwood Mac. Había otras cosas, pero eso era todo lo que podía verse. Eso, y el funcional mueble en el que reposaban el televisor, la minicadena, los vinilos, un puñado de recuerdos del pueblecito alemán en el que su madre fingía haber crecido, y todo lo demás.

—¿Qué tipo de caso, cariño?

—No lo sé. Pero es un caso de verdad. Me pagarán.

—Cuánto —quiso saber Marion.

—No sé. Depende —dijo Wen—. Pero es un caso de verdad. Con supervillanos.

Marion sonrió.

—¿En serio, cariño?

Wen asintió, y dijo:

—Me he puesto el traje.

—Oh, cariño. —Marion dio un abrazo a su hija.

Aquel abrazo formaba parte de la pequeña tragedia que Marion Kramer pensaba interpretar para conseguir lo que quería. Y lo que quería era dinero para su masaje de los miércoles.

—¿Quieres que te planche la capa? —le preguntó cuando se separaron.

—No, creo que la dejaré en casa.

—Como quieras, cariño —dijo Marion.

Wen había estado pensando en contarle a su madre aquel asunto de la secretaria. Y había decidido hacerlo. Quizá pudiera echarle una mano. Así que dijo:

—Mamá. Tengo que contarte una cosa.

Y se lo contó. Pero su madre no la escuchó. Esperó a que su hija terminara su discurso y, sin advertir que acababa de forma interrogante (¿CREES QUE DEBERÍA HACERME PASAR POR LA SECRETARIA DE ESE HOMBRE QUE EN EL FONDO SOY YO?), soltó:

—Wendolin, cariño, ¿puedes prestarme ochenta euros?

¿Ochenta euros?

¿Qué le diría el blando de Peter Parker a su madre si le pidiera algo así?

Mejor dicho, ¿qué le diría el blando de Peter Parker a su tía May si le pidiera algo así?

Le diría: Claro, tía.

Así que eso fue lo que dijo Wen:

—Claro, mamá.

Cuando debería haber dicho:

—Yo he preguntado primero.

13

Henry Pym, el Hombre Hormiga, arrugado como un elefante

Marvin Rodríguez trabajaba en el Daily Bugle, como Peter Parker, y como Spiderman, sólo que el *Daily Bugle* de Peter Parker era un periódico y el de Marvin, una tienda de cómics. Una tienda de cómics que regentaba el propio Marvin desde que su padre había decidido jubilarse y cederle aquel cochambroso local cercano a la calle Hospital, antes destinado a arreglos de todo tipo de zapatos. Su padre había sido zapatero. Ésa era la razón de que el almacén estuviera lleno de cajas de cordones. Y de que Marvin usara un cenicero con forma de calcetín.

—No sé, tío, yo sigo creyendo que el Hombre Hormiga tenía posibilidades —dijo Eduardo, uno de los clientes habituales del Daily Bugle. Un fanático de los Vengadores—. Era un solterón.

—¿En serio? —Marvin acababa de encender un cigarrillo. Le dio una calada. Miró el teléfono. Puso una mano de dedos amarillentos y uñas negras sobre él. El teléfono era negro, inalámbrico. Podía llevárselo al almacén y llamarla. O dejar a aquel pesado allí y salir un momento afuera y llamarla.

¿Y qué iba a decirle?

¿Haces algo esta noche?

—En serio. Henry Pym era un solterón. Un solterón en el 63. Eso sí tenía que ser jodido. A veces pienso que si siguiera vivo estaría arrugado como un elefante.

—¿Ah, sí? —Marvin no lo estaba escuchando.

—Aunque no creo que siguiera vivo. ¿Cuántos años vive un superhéroe? ¿Por qué los muy hijos de puta nunca envejecen? —Eduardo sacó un número de los Vengadores de su bolsa de plástico, se fijó en la división que alguien había hecho en la portada, 340 entre 7, y dijo—: Pero eso no es lo interesante. Lo interesante es el tema del solterón. Los superhéroes deberían ser todos solterones. Entre tú y yo, tío, son monstruos, colega.

—Ya —dijo Marvin.

—No, en serio. No entiendo a los putos guionistas. ¿Quién coño compra cómics? Tíos como tú y como yo, no el puto Brad Pitt.

Eduardo era feo, gordo, rubio y solía escupir al hablar. Le olía el aliento. Como Marvin, no se duchaba a menudo. Se estaba dejando barba. Pero era bastante ridículo, porque a los treinta y seis años todavía tenía pelusa en vez de barba.

—Ya —dijo Marvin.

—No, en serio, ¿entonces por qué todos los superhéroes se parecen a él?

—¿A quién?

—Al puto Brad Pitt.

Marvin se rió. Luego dijo:

—Cuando se crearon los superhéroes Brad Pitt no existía, tío.

—Ya. ¿Y? Ahora sí.

Eduardo volvió a meter el tebeo en la bolsa y dijo:

—No sé si llevarme éste. Me jode la puta división en la portada.

Marvin estaba sentado en su taburete, tras el mostrador, haciendo como que hojeaba un número de Batman, fumando un cigarrillo, reuniendo valor para salir un momento afuera y llamar a Wen.

Wendolin Kramer.

¿Qué clase de nombre era ése?

—¿No tienes otro? —preguntó Eduardo.

—A ver —dijo Marvin, apagando el cigarrillo en el cenicero calcetín y saliendo de detrás del mostrador. Eduardo alzó el cómic. Marvin negó con la cabeza—. Qué va.

Eduardo volvió a ojearlo.

—Te lo dejo a la mitad —dijo Marvin. Y se animó, se dijo: (AHORA O NUNCA). Y luego le preguntó a Eduardo—: ¿Vas a quedarte un rato? Tengo que hacer una llamada.

Ya está. Ya lo he dicho. Ahora tengo que hacerlo. Tengo que llamarla.

—Claro, tío —dijo Eduardo, como si en vez de un telefonista feo fuese uno de esos hongos telépatas que salen en las novelas de Philip K. Dick y hubiese escuchado lo que acababa de pensar Marvin.

Marvin se dio media vuelta y se dirigió al mostrador. Sintió vértigo al pensar en descolgar. Le sudaban las manos, le dolía la mandíbula, estaba apretando los dientes. Le apetecía un cigarrillo. Así que cogió el paquete de Ducados, el paquete y el teléfono, con aquella mano de dedos amarillentos, y enfiló hacia el almacén.

Bien, ¿qué vas a decirle, Marvin?

Ya se me ocurrirá algo.

El qué.

—Sólo será un momento —le dijo Marvin a Eduardo antes de cerrar la puerta.

—Claro, tío, tranquilo.

Marvin cerró la puerta y, luchando contra el mareo de su estómago encogido, ahí abajo, marcó el número de Wen.

Llevaba toda la tarde mirándolo, se lo sabía de memoria.

Así que lo marcó.

Lo marcó y esperó.

Un tono, dos tonos, tres.

—¿Sí?

Marvin carraspeó.

¿Qué vas a decirle?

—Soy. Ho-hola. Soy el... el... —Vamos, Marvin, JODER—. Soy el chico de la tienda.

—¿De qué tienda?

—El Daily Bugle.

—Oh, sí.

—Creo que... —JODER, Marvin, ¿es que no sabes hablar?—. Creo que he encontrado algo. De lo que hablamos.

—¿De qué hablamos? —preguntó Wen, en alemán.

—¿Perdona? —A Marvin le temblaba la voz.

—Oh, sí, ya me acuerdo. ¿Has encontrado superhéroes detectives?

—Bueno —Marvin sacó un cigarrillo, se lo llevó a la boca, lo mordió sin querer y añadió—: No. No exactamente.

—Es que creo que ya no los necesito.

—Ah. —Marvin encendió el cigarrillo acercando mucho la llama al teléfono, tanto que el olor a plástico quemado le hizo toser—. Así que ya no...

—Creo que no.

—Bueno, entonces... —Marvin cerró los ojos. Pensó: Dispara. Dispara. AHORA. ¿O es que de mayor quieres ser el Hombre Hormiga?—. ¿Quieres ir al cine?

—¿Al cine?

Marvin tartamudeó:

—Sisisi-sí.

—¿Esta noche?

Marvin se cambió el teléfono de oreja y cerró el puño de su mano derecha y lo agitó, en un gesto triunfal que acompañó de una de sus sonrisas de dientes separados. El cigarrillo casi se le resbaló de entre los dedos.

—Esta noche —dijo.
—¿Vamos a ver *Monstruos contra alienígenas*?
—Genial.
—Oh, el problema es que no sé a qué hora acabaré.
—¿Trabajas? —Marvin estaba nervioso. Acababa de tirar el cigarrillo al suelo y lo estaba aplastando con su maloliente Chuck Taylor.
—Sí —dijo Wen.
—Puedo pasar a recogerte, si quieres.
—Claro. —La chica calló un momento—. Estaré en el 97 de la calle Pere IV. En una cafetería que se llama El Capitán Avena Loca.
—¿A qué hora?
—Uh, pues, ¿las nueve?
—Las nueve.
—En la puerta.
—En la puerta.
—No entres.

Wen, por cierto, todavía estaba en el salón de la casa que compartía con sus padres y que figuraba como despacho del misterioso detective W. Kramer en el anuncio por palabras que publicaba cada miércoles en el periódico. Acababa de darle a su madre los ochenta euros y seguía sin respuesta a su pregunta (¿CREES QUE DEBERÍA HACERME PASAR POR LA SECRETARIA DE ESE HOMBRE QUE EN EL FONDO SOY YO?). Le caía bien el chico de la tienda, le apetecía mucho ver *Monstruos contra alienígenas* pero, por encima de todo, quería que hubiera alguien esperándola fuera cuando su cita de negocios y supervillanos hubiese acabado. Como esperaba Ed Meyer a Súper Chica.

—Qué misterio —dijo Marvin, divertido, y se rió, porque estaba nervioso y feliz, y tenía ganas de gritar.

Y casi lo hizo al salir, pero recordó a tiempo que Eduardo seguía allí.

—¿Qué? ¿Te lo llevas? —le preguntó, sonriente.

—Creo que sí.

—Por cierto, volviendo a lo del Hombre Hormiga. No era solterón. Estaba casado. Se casó con La Avispa —dijo Marvin.

—Sí, pero eso fue mucho después. Cuando ya no era el Hombre Hormiga, cuando se convirtió en Chaqueta Amarilla.

—Cuando quieras, pero se casó.

—Sí, y también se volvió loco.

14

La Biblia de Breud

Un día, siendo todavía un niño, Donatelo García, eminente psiquiatra canino, conocido más tarde simplemente como Don García y por aquella época como Dona, le dijo a su madre que el perro del vecino le había dicho que le deprimían los barcos. No todos los barcos, sino los barcos que nunca se movían, y que por eso últimamente tenía ganas de morder a Mindy. Mindy era su nueva dueña. Se había casado con Randy, su dueño, y había traído todos aquellos barcos a casa.

Sí, los García también vivían en el centro de Barcelona y sí, por aquella época ya había algunos turistas en la ciudad. Aunque no tantos como después de las Olimpiadas.

Después de las Olimpiadas, qué. Después de las Olimpiadas, nada.

Sólo turistas.

—¿Qué barcos? —preguntó aquel día la madre de Don.

—Los barcos —se limitó a decir el pequeño Don.

La madre se encogió de hombros. No le dio más importancia. Sabía que Don era un buen chico pero también que no tenía un solo amigo y que los niños sin amigos solían inventarse cosas de ese tipo. Así que se limitó a decirle:

—Dile que se lo diga a Mindy.

El niño asintió. Y la madre lo olvidó.

Tres días después, Mindy ingresó de urgencias en el Hospital del Mar. Bongo, el perro que hablaba con Don, al que, según el chico, no le gustaban los barcos que no se movían, había estado a punto de arrancarle la cara. Mindy fue recompuesta gracias a los cuarenta y siete puntos entre la oreja izquierda y la derecha que le dio un doctor que no sabía inglés y que apenas podía comunicarse con su paciente. El caso es que Mindy nunca recuperó la vista del ojo que tenía más cerca del lunar en forma de barco de su mejilla. Era el derecho. Randy no podía creérselo. Bongo era un buen perro. El veterinario dijo que no debía culparse, que simplemente Bongo no había podido soportar el hecho de tener que compartirle con Mindy. No dijo nada de los barcos. Pero Don sabía que la culpa la tenían los barcos. A los perros no les gustan los barcos.

—¿Qué clase de teoría es ésa? —le preguntó una tarde, mucho tiempo después, el tipo con más suerte de su promoción, un tal Karl Mars.

Karl Mars era su verdadero nombre. Su padre, Antonio Mars, era marxista.

—Cómprate un perro y llena la casa de barcos, verás lo que tarda en morderte. No importa si son cuadros o maquetas de barcos. Tú hazlo y verás lo que pasa.

JOJOJOJOU, se rió Karl.

No, Don, por entonces a años luz del Don con bigote lenteja, no se había vuelto loco. Llevaba años trabajando en aquella teoría. La llamaba La Teoría del Barco.

—Prueba y verás —insistió Don en aquella ocasión.

Pero Karl no probó. Karl se limitó a hablar más de la cuenta, recordó que había leído a Freud y que también había leído a Breud, el Dios de la psiquiatría animal, y que su intención era seguir La Biblia de Breud (para muchos, el mejor tratado sobre psiquiatría animal que se había escrito jamás, para Don, la mayor estupidez que se había escrito jamás, sólo apta para retrasados con ínfulas de genio) por los siglos de los siglos, hasta dar con el punto sin retorno del pensamiento animal. ¿Y qué había conseguido prometiendo semejante sandez ante el tribunal? Pues un aplauso ensordecedor, iniciado nada menos que por el bisnieto del mismísimo Breud, en aquellos momentos presidente del tribunal de profesores que, poco después, adoptaría al sinvergüenza de Karl, le daría un hogar, un sueldo, un coche y hasta una bonita chica (ellos cerraron la cita, reservaron mesa y el vino hizo el resto). ¿Y qué había conseguido Don? Algo muy distinto. Don les había hecho reír. Aunque había demostrado su teoría de los barcos y los perros en más de una ocasión, no había manera de que la creyeran. Decían que era absurda.

—¿Y por qué barcos? —preguntó, sonriente, uno de los miembros del tribunal que debía juzgar la tesis de Don, llamada precisamente *La Teoría del Barco*.

—No lo sé —dijo Don.

—¿Qué tiene usted contra los barcos, señor García?

—Yo no tengo nada contra los barcos, señor.

—Señor García, ¿no cree en las casualidades?

—No. Y tampoco veo por qué habría de creer en ellas. Les he dicho que los perros me dijeron que no les gustan los barcos. Los barcos descontrolan su psique.

—JOJOJOJOU —rió aquel estúpido profesor.

Sí, reía como Karl Mars.

O al menos, eso le pareció a Don.

Y a Don no le gustaban Karl ni su risa, así que recogió sus papeles y se largó. Su madre, la única persona del mundo que creía en él, consiguió reunir algo de dinero y le ayudó a montar su propia consulta. Lo demás ya es historia.

En cualquier caso, ¿qué estaba haciendo Don García en aquel preciso instante? Pues estaba poniendo a prueba su masoquismo sentimental. ¿Y cómo? Muy sencillo, dirigiéndose al lugar en el que debía encontrar a La Mujer Que Odiaba A Los Hombres.

—Veamos. Creo que es aquí —se dijo Don, deteniéndose ante el escaparate de la librería Woolfin.

Fiel a aquel extraño masoquismo sentimental que le mantenía soltero, gracias a la inestimable ayuda de su papada interminable, Don García había guardado a buen recaudo la dirección que aquella paciente del rusty rosa, que se hacía llamar Wendolin Kramer, le había garabateado en uno de sus papeles con membrete para recetas. Luego había pasado el resto de la tarde mirándose el reloj y cruzando los dedos para que no hubiera ninguna urgencia de última hora, aunque estaba decidido a pasársela a la veterinaria en prácticas si se daba el caso.

Pero no se había dado el caso.

Así que ahí estaba, frente a la librería Woolfin.

Dispuesto a conquistar a una mujer que odiaba a los hombres.

La librería Woolfin, por cierto, estaba situada en la calle Lleona, a dos esquinas del bar del tío Lorenzo. Había un par de cestos con libros en la calle, junto a la puerta. Ofertas a uno y dos euros. Novelas rosas en su mayoría. Don les echó un vistazo a la vez que escrudiñaba discretamente el interior de la librería. No era mayor que un garaje para un coche, un coche pequeño, un Opel Corsa, un Renault Clio. Había estanterías, libros y una mujer. La luz era tenue. El escaparate lo ocupaba una especie de mesa camilla repleta de libros de aquella tal Woolfin, libros de color rosa y azul, y negros y blancos.

Don no era un gran lector.

—Bueno, allá vamos —se dijo. Cogió aire, empujó la puerta y entró.

Olía a, sí, incienso.

No había ni un solo barco a la vista.

Tampoco perros de los que preocuparse.

La mujer, de aspecto mezquino y peinado imposible, un lápiz clavado en la cabeza, bueno, no exactamente, pues el lápiz mantenía su rala melena unida en un moño nada favorecedor, contaba monedas tras el mostrador. Ni siquiera levantó la vista. Le oyó entrar y dijo:

—Está cerrado.

Don le echó un vistazo a su reloj. Eran las ocho y treinta y cinco.

—La puerta estaba abierta.

Erlin levantó la vista y, OH, DIOS MÍO, UN HOMBRE, se apresuró a devolver las monedas a la caja registradora.

—Salga de aquí ahora mismo —dijo, señalando la puerta.

Don sonrió.

—¿No puedo comprar un libro?

—No —dijo Erlin.

—¿Por qué no?

Don se sintió atraído de inmediato por aquella mujer con cara de perro aburrido. Vestía de negro, debía rondar los cincuenta, tenía una nariz prominente, con aspecto de seta emancipada, y los ojos le brillaban tanto que parecían de cristal.

—Los hombres tienen prohibida la entrada en mi librería —dijo Erlin, saliendo de detrás del mostrador y acercándose a pasos de gigante a Don.

—¿Cómo?

—Ya me ha oído —dijo Erlin.

Pero ¿era eso cierto?

¿Tenían los hombres prohibida la entrada en su librería?

Y si era así, ¿por qué?

Muy sencillo. Según el más acertado de sus biógrafos, un tal Rigo Sánchez Vía, Vendolin Woolfin culpaba a los hombres de todas sus desgracias, incluida su torpeza en el amor. Contaba Sánchez Vía que, a los trece años, Vendolin se había enamorado de su profesor de Literatura, un tipo ridículo con un bigote ridículo, parecido por cierto al que lucía Don García, no mayor que una lenteja, y se había atrevido a escribirle una ardiente misiva de amor a la que el profesor había respondido de la siguiente manera:

> Me halaga usted, señorita Woolfin, y me haría un favor si hiciera creer a todo el mundo que estamos teniendo una pequeña aventura. Algo así tranquilizaría a mi mujer, pues cree, y no le falta razón, que me acuesto con jovencitos.

Sí, digamos que Vendolin Woolfin no tenía olfato para el amor.

Cuando ella iba, él ya estaba de vuelta.

¿Prefirió a las mujeres?

Eso dicen. Aunque cuando se habla de Vendolin Woolfin nada parece definitivo. La escritora es como un personaje de un librito para colorear que hubiera sido dibujado a lápiz y, por lo tanto, se pudiera borrar en cualquier momento.

El caso es que ésa era la razón de que Erlinda Lago hubiese prohibido la entrada a los hombres en su librería. Erlin creía que, si resucitara, Vendolin estaría orgullosa de ella. Se estaba tomando la justicia por su mano.

Ojo por ojo, sólo que dos siglos después.

Así que lo que dijo fue:

—Ya me ha oído.

—Un momento, ¿y si quiero comprar un libro?

—Si quiere comprar un libro, pídale a una mujer que lo haga por usted.

—¿Cómo? —Don se rió. Le sudaban las manos. Sus enormes manos. ¿Qué podía hacer con ellas? Se las metió en los bolsillos. Aquello iba a ser muy complicado. Notó desperezársele la libido con un bostezo desentrenado.

—Salga de aquí ahora mismo —insistió Erlin.

—Escuche. —Don tomó un libro al azar, sacando la mano derecha, sudada y gigante, del bolsillo—. Quiero este libro, ¿me lo cobra?

—No.

Se oía una música lejana. Había una radio encendida en algún lugar. Quizá debajo de un cojín o en el fondo del mar.

—No se lo diré a nadie. —Don clavó sus ojos en los de Erlin. Eran ojos corrientes, pues había dejado aquellas diabólicas lentillas en el despacho, metidas en su estuche, nadando en líquido desinfectante, tras el espejo de su cuarto de baño privado.

—Lo siento —dijo Erlin, sintiéndose violenta, apartando la mirada. ¿Era aquello un bigote lenteja?—. Tiene que irse.

—No puedo creérmelo.

—Hay otras librerías en la ciudad.

Don se rió.

—¿Otras librerías? ¿Y si yo quiero comprar en la suya?

—Suelte el libro y salga.

—Es absurdo. —Don soltó el libro, dijo—: Pero está bien. Usted gana. Voy a buscar otra librería. ¿Sabe de alguna por aquí?

—No —dijo Erlin.

—¿No?

—Lo siento, pero tiene que irse —dijo Erlin, se cruzó de brazos y dio un paso hacia la puerta. Don no tuvo más remedio que dar un paso atrás.

—¿Sabe que eso es sexismo? —dijo el psiquiatra.

—OH, DIOS, ¿QUIERE LARGARSE DE UNA VEZ? —gritó Erlin.

—No le gusto. Entiendo —dijo Don, deteniéndose.

Erlin suspiró, agotada.

—SALGA DE MI LIBRERÍA.

Y Don se dio por vencido.

—Como prefiera —dijo, buscando su mirada perruna, oh, ahí está, eso es, míreme, ¿no le gusto? ¿En serio? ¿Ni siquiera un poquito? El cerebro de Don discutía consigo mismo. O, mejor dicho, trataba de hacerse el simpático consigo mismo—. Ha sido un placer —dijo Don, justo antes de salir, esbozando su mejor sonrisa.

Una vez en la calle, Don esperó mientras, dentro, Erlin guardaba su cuaderno de cuentas en un cajón y la magra recaudación del día en la lata que escondía bajo llave en el almacén. Luego le preguntó al retrato en carboncillo de Vendolin Woolfin que presidía la librería si creía que aquella diminuta sombra peluda bajo la nariz del desconocido era un bigote lenteja. Y la foto le dijo:

—Claro que lo es, ¿y no es maravilloso?

Aunque sólo lo dijo en su cabeza, como una película que se proyecta en una sala vacía, para un único espectador.

—¿Y qué hago? —le preguntó Erlin al retrato en carboncillo de lo que parecía una actriz miope, labio leporino y cola de caballo.

Ciertamente, Vendolin Woolfin no tenía aspecto de escritora.

Pero ahí estaba.

Tíratelo, dijo una voz en su cabeza.

Era la suya, no la de Vendolin.

—Oh, vamos —dijo Erlin en voz alta, y sonrió por primera vez en mucho tiempo. Luego apagó las luces—. Has bebido demasiado hoy.

También se decía que Vendolin había bebido más de la cuenta durante buena parte de su vida. Lo raro hubiera sido que no lo hubiese hecho. ¿Acaso podía soportarse una vida como aquélla, sin amor, amigos, fiestas y zapatos nuevos?

Por supuesto que no.

El caso es que Erlin apagó las luces y salió.

El desconocido del bigote lenteja la esperaba fuera.

—¿Qué demonios hace usted aquí?

—Me preguntaba si no querría usted tomarse una copa conmigo. Me temo que no tiene un buen concepto de los hombres.

Ruborizándose por pensar en lo que estaba pensando, Erlin cerró la puerta de la librería con llave y, como cada noche, dio un salto para alcanzar la persiana. Al ver que no llegaba, Don intentó echarle una mano.

—No haga eso —dijo ella.

—¿Por qué?

—Puedo sola.

—Oh, vamos, no llega usted a la persiana.

¿Y si lo hacía?

¿Y si dejaba que la invitara a una copa y luego, GLUM, se lo tiraba?

—Déjeme —insistió el hombre, acercándose. OH, DIOS MÍO, ¿estás viendo lo mismo que yo? ¡LLEVA UNA AMERICANA CON CODERAS!, ¿y si fuera profesor, pensó Erlin, profesor de Literatura?

—No —dijo Erlin, avergonzada, como con miedo a pronunciar sin querer en voz alta lo que estaba pensando—. Está bien. ¿Es por el libro? ¿Qué libro quiere?

Le miró de soslayo. Estaba volviendo a abrir la puerta.

—¿Me va a vender un libro? —preguntó Don.

—Quiere un libro, ¿no?

—Lo he pensado mejor.

—¿Cómo?

—Ahora prefiero tomar una copa con usted.

Erlin se detuvo.

Tíratelo, pensó.

—Prefiero venderle un libro —dijo.

—Pero no puede —dijo Don.

—Haré una excepción —dijo Erlin que, sin darse cuenta, estaba coqueteando—. Y no se lo dirá usted a nadie.

Don fingió coserse la boca con hilo y aguja y la siguió al interior de la tienda. La mujer volvió a encender las luces. Estaba pensando: Tíratelo. Si se pellizcaba el lóbulo de la oreja derecha era porque estaba nerviosa.

—Había olvidado usted la radio —dijo Don, al entrar.

Seguía sonando lejana, como escondida en un armario.

—No es mía —dijo ella. Se metió tras el mostrador. Añadió—: Dese prisa.

—Claro —dijo el psiquiatra. Se dio media vuelta y ojeó portadas durante un par de minutos. Luego cogió un libro al azar. Lo llevó al mostrador y dijo—: Éste.

El libro era *Earl*, de Vendolin Woolfin.

El protagonista del libro no tenía nada que ver con el pequeño Earl, el rusty rosa al que Wen llamaba Munk, pero también se llamaba Earl y era un cocker spaniel adicto a la filosofía barata y el esoterismo que tenía una dueña muy rica que iba en silla de ruedas porque no le gustaba caminar. El nombre de su dueña era Karen y lo que más le gustaba en el mundo era leer su horóscopo y el de todos aquellos que conocía: sus padres, su abuela, el ama de llaves, una vieja amiga que no veía desde que dejó el colegio y su perro, Earl. Pero se aburría porque no eran suficientes. Hasta que un día conoció a un chico muy guapo, casi tan guapo como Marlon Brando, y decidió comprarse unos zapatos de tacón y salir a pasear.

—¿Cuándo es tu cumpleaños? —Fue lo primero que le preguntó.

El chico respondió:

—El 20 de febrero.

—Oh, así que eres Piscis —dijo Karen.

El chico asintió.

—Estupendo.

Karen no conocía a ningún Piscis. El chico le gustó al instante.

—¿Quieres casarte conmigo? —le preguntó tres días después.

Y, puesto que Karen también era muy guapa, el chico aceptó.

Al enterarse, el pequeño Earl, que había sido el centro del universo de la chica, se suicidó. Murió de indigestión, tratando de comerse su libro favorito: *El planeta de los perros*.

Definitivamente, era una buena elección, pensó Erlin.

La voz de Vendolin en su cabeza dijo:

—Tíratelo.

¿Crees que es tan sencillo?, replicó Erlin.

—Por supuesto —atajó Vendolin.

Oh, claro, olvidaba que estoy hablando con la reina del ligue, bramó la librera.

—¿Le ocurre algo? —le dijo Don.

Erlin suspiró, se miró las manos, a uno y otro lado del ejemplar de *Earl*, y dijo:

—Está bien. Acabemos con esto. Sé lo que quiere.

Don, el psiquiatra canino, al que sus compañeros de clase habían llamado Dona cuando el pequeño Karl Mars ni siquiera sospechaba que acabaría convirtiéndose algún día, sin saberlo, en supervillano, frunció el ceño.

—¿Lo sabe?

—¿Está usted casado?

Sorprendido, Don negó con la cabeza.

—Bien. Pues esto es lo que haremos. Iremos a su casa, tomaremos una copa y hablaremos del pequeño Earl —dijo Erlin, dirigiendo un rápido vistazo a la novela—. Y si no le importa, pasaré la noche con usted.

Don no pudo evitar sonreír.

Nunca antes le había resultado tan sencillo.

Quizá estuviese haciéndose invencible frente a los amores imposibles.

—¿Y bien? ¿Qué me dice? —insistió Erlin.

Invencible, pensó Don y llenó el pecho de aire, orgulloso.

—Usted manda —dijo luego.

15

El señor Piscis

La cafetería El Capitán Avena Loca no salía en las guías turísticas que se habían escrito sobre Barcelona después de las Olimpiadas, aunque sí en las de antes (al menos en un par, editadas por la desaparecida Moby Dick, en un desvío editorial con fines benéficos), pues hubo una época en que fue uno de los principales reclamos del barrio, el Poblenou, llamado por entonces Pueblo Nuevo, razón por la cual el nombre de la calle podía leerse todavía en dos idiomas en algunas esquinas y seguía siendo Pedro IV en los sobrecitos de azúcar de la cafetería, atrapada en el tiempo desde 1987.

En esa época, no había quien pasara por allí sin hacer una parada en El Capitán para degustar uno de sus deliciosos batidos de fresa. Entre sus clientes había sobre todo vecinos, pero también escritores, amas de casa, familias numerosas de la parte alta de la ciudad, un domador de leones y la mismísima Pepa Flores. Había una foto de ella en una pared. Posaba junto a su marido el bailarín. Ambos paseaban por las afueras de la ciudad un día de verano y se toparon de casualidad con la cafetería.

Pero digamos que esa época era historia.

El día en que encontraron a aquella chica en el cuarto de baño (un ojo flotando en el retrete, una pierna ocupando el lugar de la escobilla y la cabeza en el bolso), el sueño se acabó. Gregorio Manchon, su mofletudo propietario, fue a la cárcel (confesó haber matado a la chica sólo porque dijo que su batido sabía a matarratas), y el mundo, el mundo que empezaba al doblar la esquina y acababa en Pepa Flores, trató de olvidar que había existido un lugar llamado El Capitán Avena Loca.

Y lo consiguió.

Por eso, cuando la hija de Gregorio Manchon reabrió la cafetería un año después, ni los vecinos ni el domador de leones ni Pepa Flores regresaron. Y Ernesta Manchon se limitó a limpiar mesas y a leer revistas sobre la barra hasta que, un día, un tipo bajito entró, se sentó en un taburete y pidió un batido de fresa. La vieja batidora emitió un crujido al ponerse en marcha y, aquella noche, Ernesta, a la que todos en el barrio conocían como Nes o simplemente como La Gorda, escribió una carta a su padre diciéndole que los clientes empezaban a volver y que, tal vez, la ciudad había empezado a olvidar.

Pero no era cierto.

El tipo bajito siguió viniendo. Día tras día. Y su presencia animó a entrar en el ex lugar del crimen a otros ex clientes que habían echado demasiado de menos sus batidos de fresa. Pero poco más. Cuando Nes se disponía a cerrar caja, por la noche, una vez había cerrado la puerta y apagado las luces, apenas encontraba tres billetes de diez.

—Bueno, son tres —decía—. ¿Qué te parece, papá? No es una fortuna, pero es algo. ¿Te apetece un batido de fresa?

Nes solía hablar con su padre. Mejor dicho, hablaba con una foto de su padre que había colgado junto a la batidora, justo debajo de la instantánea de Pepa Flores y su marido el bailarín. Y cada noche, después de cerrar caja, preparaba un par de batidos y brindaba por el futuro de El Capitán Avena

Loca frente a la foto. Luego se bebía los dos batidos, recogía sus cosas y se iba a casa.

Sí, podría decirse que la vida de Nes Manchon transcurría sin sobresaltos.

Al menos, hasta aquella tarde.

—Un batido de fresa —dijo el tipo bajito. No se había sentado en un taburete como de costumbre, sino en una de las mesas. El tipo bajito era, por supuesto, el señor Piscis y la pelirroja que entraba por la puerta en aquel preciso instante era Wendolin Kramer.

Entraba arrastrando un perro diminuto que tosía.

Cuando la puerta se cerró, se agachó a su lado y dejó caer el bolso sin querer.

—Oh, Dios —dijo, en alemán, la chica, y se puso a recoger el montón de cosas estúpidas que habían quedado desparramadas por el suelo y entre las que se encontraban un antifaz amarillo, una pequeña acuarela de plástico, una cucharilla de café, una libreta con el holograma de Wonder Woman, vestida de ejecutiva y de superhéroe, según la inclinación del ojo que la mirara—. Mira lo que he hecho, Munk.

El señor Piscis la miró sin demasiado interés y devolvió la vista al sobre marrón que había traído consigo. Se rascó la calva. Cruzó las manos en un gesto de súplica, se aclaró la garganta, y echó un vistazo a la calle, esperando ver aparecer al detective. Se había situado expresamente junto al enorme ventanal en el que se leía: DESAYUNOS Y MERIENDAS. Vio pasar un coche viejo y destartalado.

—¿Señor?

El tipo levantó la vista esperando encontrarse con La Gorda y su batido de fresa, y no con la desgarbada treintañera pelirroja del perro pulga.

Pero eso fue lo que se encontró.

Así que frunció el ceño.

El señor Piscis solía fruncir el ceño hasta que las arrugas de su frente resultaban lo suficientemente profundas como para plantar patatas en ellas.

Wen le tendió una mano de uñas verdes.

—Soy la secretaria —dijo, decidida— del señor Kramer.

Los ojos azules del señor Piscis se achicaron hasta casi desaparecer.

—¿Y el señor Kramer?

—Me ha enviado a mí.

El señor Piscis miró alrededor. Wen se fijó en el lunar que tenía en la barbilla.

—¿No le dije que era seguro?

—El señor Kramer siempre me envía a mí —dijo la chica.

Podía tener sentido, pensó el señor Piscis.

Nunca antes había tratado con un detective.

¿Quién le decía a él que los detectives no enviaban a sus secretarias primero para evitar perder el tiempo con casos que no pensaban aceptar?

Así que, ¿podía no aceptar el caso?

¿Acaso tenía que vendérselo como si fuera un champú para el pelo?

—Espero que no le importe —dijo Wen, dejando caer la mano y tomando asiento. Estaba nerviosa. No sabía si dejar el bolso en la silla o estrecharlo en su regazo.

Optó por lo segundo.

El tipo, el señor Piscis, se estaba tocando la nariz. Tenía una nariz del tamaño de un botón de abrigo.

Entonces llegó la camarera con el batido.

—¿Le apetece? —le preguntó el tipo a Wen.

—¿Es de fresa? —preguntó la detective.

—Son nuestra especialidad —informó Nes, la camarera.

—¡Oh, me chiflan! —dijo Wen, en alemán.

—¿Cómo ha dicho? —preguntó el señor Piscis.

Por toda respuesta, Wen arrastró el batido hacia ella. El señor Piscis sonrió.

—Póngame otro —le dijo a la camarera.

La camarera volvió tras la barra, preparó un segundo batido, lo sirvió y volvió a enfrascarse en la resolución de uno de sus cuadernos, *Sea El Primero En Acabar Este Millón De Crucigramas*. Por supuesto, no tenía ni idea de que en aquella mesa había en juego algo más que un montón de palabras. Nada menos que la vida de un hombre.

Wen tampoco.

—Si le digo la verdad, señorita, es la primera vez que hago algo así —dijo el señor Piscis, mirando alternativamente al sobre marrón y a la barra.

Wen frunció el ceño.

¿La primera vez que toma un batido de fresa?

Lo frunció más aún.

Luego lo relajó de repente.

Dijo:

—Oh, no, ya entiendo. —Y lo dijo en alemán.

—¿Cómo?

—Oh, lo siento. —El pequeño Earl se aburría bajo la silla—. A veces hablo en alemán.

—¿Es usted alemana?

—Mi madre.

—Uhm. —El señor Piscis le dio un trago a su batido—. Interesante.

—Sí —dijo Wen, y le dio un sorbo a su pajita.

—¿Cuándo podré ver al señor Kramer? —preguntó el señor Piscis.

—Nunca —dijo Wen.

—¿Nunca?

—El señor Kramer trabaja así. Usted me cuenta qué quiere y yo se lo transmito, el señor Kramer elabora su informe, se lo hace llegar y si tiene alguna duda puede reunirse usted conmigo después.

—¿Siempre trabaja así?

—Sí —dijo Wen.

Parecía una de esas estúpidas animadoras de instituto de película norteamericana. Sí, el señor Piscis estaba frunciendo el ceño, y en las arrugas de su frente podían plantarse patatas. Wen le dio un largo sorbo a su batido. Estaba delicioso. Se había bebido ya la mitad del vaso.

—¿Y nunca hace excepciones?

—El señor Kramer tiene mucho trabajo.

—Oh. Entiendo. —El tipo miró a Wen por encima de su batido.

¿Y si me está tomando el pelo?

—No se preocupe, el señor Kramer es de fiar.

—¿De fiar?

—Ya sabe a qué me refiero —dijo la chica.

No, no lo sabía. Pero tampoco tenía tiempo para averiguarlo, así que dijo:

—Está bien. Escuche. Lo único que quiero que haga el señor Kramer es averiguar dónde estará cierta persona mañana por la noche y luego quiero que me siga.

—¿A usted? —Wen le señaló con el dedo.

—Sí.

—¿Por qué?

¿Por qué? ¿Qué demonios era aquello, un interrogatorio? El señor Piscis empezó a pensar que aquel tal Kramer quizá no fuera más que un aficionado.

—Sólo le estoy diciendo lo que tiene que hacer.

—Ya. Claro —dijo Wen, y sacó su libreta de Wonder Woman del bolso, desenfundó un bolígrafo y preguntó—: ¿Y quién es el otro?

—Se llama —el tipo se aclaró la garganta (EJEM)— Francis Dómino. Creo que es escritor. Lo encontrará en el número 15 de la calle Montserrat.

—¿Y a usted?

—Saldré de esta cafetería, sobre esta misma hora.

—¿Mañana?

—Mañana, sí. Escuche. Es muy importante que se asegure de que nadie me sigue.

—Pero yo lo estaré siguiendo.

—¿Usted?

—Quiero decir el señor Kramer.

El tipo bajito asintió. Tenía las cejas muy tupidas y los labios demasiado anchos. A Wen le resultaba vagamente familiar.

—Eso es.

—Ajá. —Wen se concentró en el lunar de su barbilla.

—¿Qué mira? —dijo el tipo.

—Nada —dijo Wen, en alemán.

—¿Cómo?

—Oh. Nada. Lo siento. Es alemán.

Wen y el señor Piscis se miraron, pestañearon, se miraron.

—¿Lo ha entendido? —preguntó él.

—Claro —dijo Wen. Había anotado algo en su libreta.

—Bien. —El señor Piscis tomó el sobre marrón, lo abrió y le mostró una fotografía—. Éste es Francis Dómino.

Más que escritor, aquel tal Francis Dómino parecía actor. Tenía los ojos grandes y muy azules, y el pelo rubio, despeinado. Llevaba la corbata suelta y estaba sonriendo. A Wen le recordó a Ed Meyer, el novio de Súper Chica.

—Es muy guapo —dijo.

—Quiero que me llame y me diga exactamente dónde estará mañana por la noche.

—Mañana por la noche. ¿A qué hora?

—Entre las nueve y las doce.

—¿Y si está en varios sitios?

—¿Cómo?

—¿Y si sale a cenar y luego va al cine?

—Pues tiene que averiguar a qué cine y a qué restaurante. Y cómo hará el trayecto entre uno y otro.

—Claro. Sí —dijo Wen, anotando esto último en su libreta: Si va a cenar y luego al cine averiguar a qué cine y a qué restaurante.

—Quiero esa información antes de las ocho —dijo el tipo.

—Antes de las ocho —dijo Wen, y lo anotó en su libreta.

El señor Piscis apuró su batido. Se rascó la calva. Preguntó:

—¿Cuánto es eso?

—¿Cuánto...?

—Dinero.

—Oh. —Wen no había pensado en ello, así que dijo lo primero que se le ocurrió—: Quinientos.

El tipo alzó su tupida ceja izquierda.

Wen añadió:

—Gastos incluidos.

La ceja seguía ahí arriba.

—¿Le parece mucho?

—No, más bien poco. Creí que iba a costarme mucho más —dijo sinceramente el señor Piscis, pensando que o bien era su día de suerte o bien estaba en lo cierto cuando pensaba que aquel señor Kramer era un aficionado.

—Es un trabajo fácil —trató de justificarse Wen y añadió—: ¿No?

—Claro. Supongo —dijo el tipo y sonrió por primera vez—. Le daré la mitad ahora y la otra mitad cuando el trabajo esté hecho.

—Como prefiera —dijo ella.

—Muy bien —dijo él, sacándose la cartera y deslizando con disimulo bajo la mesa cinco billetes de cincuenta en el sobre marrón—. Pues dígale al señor Kramer que ha sido un placer.

—El placer es nuestro, señor... No me ha dicho su nombre.
—¿No recuerda la carta?
—¿Piscis Deprimida?
—Exacto.
—Pero usted es un hombre.

Piscis Deprimida se echó a reír. Reía como un asmático en plena crisis (JEJUJU-JEJUJU). La risa despertó al pequeño Earl, que había estado dormitando bajo la silla y soñando con dar la vuelta al mundo en un hueso gigante y sonriente, un sueño recurrente que tenía desde que era un cachorro.

En la barra, Nes levantó la vista un segundo, miró hacia la única mesa ocupada del local, y creyó ver una (S) enorme transparentándose en el jersey de la chica, y se dijo:

—Superhéroes.

Había estado tratando de resolver el tres horizontal. La única pista era: Mutantes.

16

No sería la primera vez que alguien mata a alguien

Los vestidos de Liz Garo eran conocidos en la profesión por atrevidos, en el peor sentido de la palabra. Liz Garo solía vestir de amarillo chillón, de verde pistacho chillón, de gris plata chillón. Todo en Liz era chillón. Desde el color de las uñas de sus pies hasta su voz. Podría haber doblado a un espantapájaros deprimido cayendo desde el piso diecinueve de un rascacielos que no prohibiera la entrada a los espantapájaros. No, Liz no podría pasar desapercibida aunque quisiera. El día que lo intentó, conoció a su primer marido. Un orondo empresario, aficionado a la novela histórica y al buen vino, que no fue capaz de aguantar el ritmo de Liz bajo las sábanas. Corría el rumor en la profesión de que era insaciable. La profesión, por cierto, era el periodismo. Y Clay Gómez, su asignatura pendiente. Roberta Glanton, agente, amiga y multimillonaria gracias al fenómeno Woolfin, no sabía quién era el tal Clay, el corresponsal del *New York Times* en Barcelona al que Francis pensaba contarle toda la verdad sobre Vendolin Woolfin. Aunque, al parecer, Liz le había hablado de él más de la cuenta. El caso es que Roberta Glanton había prestado su hombro al amarillo chillón del bolso de Liz en demasiadas ocasiones. Y había llegado el momento de que Liz le prestara el suyo.

Así que Roberta le había pedido a uno de sus tres secretarios que reservara mesa en el Gran Café, un carísimo restaurante sólo apto para estrellas de cine de paso por la ciudad o sucedáneos con menos glamour pero idénticas cuentas corrientes. Había reservados, cubiertos de plata, velas, visillo en las ventanas, suelo de madera vieja que (CRAC) crujía y (CRAC) alertaba de la cercanía del camarero, un pianista y una carta de postres de nueve páginas.

El secretario había hecho la reserva y luego ella había llamado a Liz Garo.

Y, por supuesto, Liz Garo había aceptado.

Liz Garo nunca diría que no a una cena en el Gran Café.

Así que Liz y Roberta compartían uno de esos románticos y, por cierto, algo barrocos reservados, y una botella de Chardonnay.

—Creo que le gusto. —Ésa era Liz Garo.

—¿En serio? —Y ésa Roberta Glanton.

—No me quita ojo de encima —dijo Liz.

—Cariño, me temo que es el vestido.

—¿Qué le pasa a mi vestido?

En aquella ocasión, Liz había elegido un rojo chillón. Mejor dicho, un palabra de honor rojo chillón de falda demasiado corta.

—Nada. —Roberta no quería darle un motivo para que la noche girara en torno a su vestido. Liz era especialista en hacer girar el mundo a su alrededor.

—Es muy mono —dijo. Se refería a un tipo que cenaba con su mujer dos mesas más allá. Era moreno y demasiado vulgar. Pero debía tener una jugosa cuenta corriente, y eso era más que suficiente para Liz Garo.

—Liz, ¿crees que estoy perdida? —preguntó Roberta.

—¿Cómo?

—¡Clay!

—Oh, sí. Clay. —Liz hizo un mohín de disgusto—. Clay. Es muy guapo, ¿sabes? Un día estuvimos a punto de acostarnos pero murió un escritor y tuvo que irse antes de, bueno, ya sabes. Fue horrible.

—Liz, ¿no me has oído?

—No, perdona, ¿qué decías? —Liz apuró su copa de Chardonnay.

—Oh, Dios, Liz.

—¿Qué pasa? ¿Qué es tan importante? ¿Te vas a casar, Robbie?

—No.

—¿Entonces?

—¿Crees que podría comprar a ese Clay?

—¿Comprarle? ¿Te refieres a, bueno, comprarle? —Liz le guiñó el ojo y Roberta supo que no se referían al mismo tipo de compra.

—No, Liz, no quiero tirármelo, si eso es lo que crees.

—Oh, bueno, yo no he dicho eso.

—Pero lo has pensado.

—¡Robbie! ¿Por quién me tomas?

—¿Por alguien que no escucha?

—¡Te estoy escuchando!

Roberta suspiró. Sabía que no había sido una buena idea quedar con Liz pero ¿a quién podía llamar? Hacía un millón de años que había dejado de tener amigas.

—Vale. Me estás escuchando. ¿Qué he dicho de Clay?

—Que es guapo —dijo Liz.

—Eso lo has dicho tú.

—Ah. ¿Qué has dicho, entonces?

Roberta se bebió de un trago su Chardonnay y volvió a llenar ambas copas.

—He dicho que sospecho que Clay Gómez está a punto de jugármela y que quiero comprarlo. ¿Crees que se dejaría?

—Cariño, todo el mundo tiene un precio.

—Corren rumores de que Clay no lo tiene.

—¿Qué rumores son ésos?

—Hay quien dice que Clay es de los buenos.

Liz se rió y luego dijo:

—No me hagas reír, Roberta, en esta profesión no hay buenos.

Liz Garo se llamaba en realidad Isabel García Romero y escribía para revistas de todo tipo. *Playboy*, *Elle*, *Lecturas*, *Nuevo Vale*, incluso *Labores del Hogar* y *Mi perro y yo*. Liz Garo era *freelance* y, por lo tanto, especialista en el arte del picoteo laboral. Sus vestidos eran tan chillones y sus contactos tan predecibles que siempre tenía pendientes media docena de artículos. Artículos tan variados como sus numerosas fuentes de ingresos.

—¿Crees que podría comprarlo entonces? —insistió Roberta.

—Depende. —Liz bebió más Chardonnay.

—¿Depende? ¿Ahora depende? ¿De qué depende?

—Del tema. ¿Es un buen tema?

Roberta probó la ensalada. Liz ya había engullido buena parte de la suya. Podría decirse que la nevera de Liz era más parecida a un jarrón gigante que a una nevera. Come cuando haya comida, solía decirse la periodista, porque no sabes cuándo volverás a comer otra vez. Sus cenas eran a menudo un par de copas de vino peleón.

—Me temo que sí —dijo Roberta.

—Uhm. Si es un buen tema no tienes nada que hacer.

—¿CÓMO? —Roberta escupió un pedazo de brócoli en el plato.

—Si es un buen tema no tienes nada que hacer.

—Ya te he oído. Sólo que... —Sonrió. Se aclaró la garganta con un poco de vino—. Sólo que no te entiendo, Liz. ¿Por qué?

—Los buenos temas no tienen precio.

—¿QUÉ? ¿NO ACABAS DE DECIRME QUE TODO TIENE UN PRECIO?

—Shhh. Baja la voz, ¿quieres? No todo tiene un precio.

—¿No?

—No.

—¿Y entonces? ¿Qué hago?

—Puedes matarle.

—¿Qué? —susurró la multimillonaria agente, sabiendo que su amiga y autora, oh, Liz había publicado un par de novelas rosa desde el despegue de Glanton Ediciones, otra de sus variadas fuentes de ingresos, había dado en el clavo sin querer.

—Puedes matarle —repitió Liz.

—¿Matarle? —Roberta seguía susurrando.

—No sería la primera vez que alguien mata a alguien, Robbie.

—Pero ¿qué dices? ¿Cómo voy a matarle?

Liz se rió. Luego se puso seria de repente. La cara de Roberta no había cambiado de expresión. Seguía cejijunta y horrorizada.

—¿Me tomas en serio? —dijo Liz.

—¡No! —Roberta se bebió de un trago lo que quedaba de su copa, se sirvió otra y se bebió la mitad—. Claro que no, ¿por quién me tomas?

—¿Por una asesina en serie? —Liz se carcajeó. Roberta intentó esbozar una sonrisa.

—Muy graciosa, Liz.

—Ya te has cargado a tu marido.

—Ex marido. Y no me lo he cargado.

—Ya. Por cierto, ¿qué sabes de él? ¿Sigue durmiendo en la calle?

—No. Está en casa de su madre.

—¿Todavía tiene madre?

—Claro, ¿por qué no iba a tenerla?
—¿No era muy mayor?
—Liz.
—¿Qué? Oh, mira, ¿no es un encanto? Sigue sin quitarme ojo de encima.
—¿Quién?
—Creo que le gusto.

Roberta suspiró. Bebió algo más de vino y la emprendió con su ensalada. Liz se entretuvo con el tipo de dos mesas más allá. Le guiñó un ojo, se cruzó de piernas, le tiró un beso y le puso tan nervioso que le hizo derramar parte del tinto sobre su mujer.

—¿Has visto eso? Creo que está loco por mí. —Liz se puso en pie, apuró su copa y dijo—: Vuelvo enseguida.

Mareada por el vino, Roberta hundió la cabeza entre las manos y deseó estar en cualquier otro lugar. Aunque sabía perfectamente dónde deseaba estar.

En la cama de Francis Dómino.

Viéndole fumar uno de aquellos Ponds del 83.

Pero si todo salía como debía ya no volvería a verle.

Nunca.

Y nunca es mucho tiempo.

—Estúpido —dijo en voz alta la multimillonaria agente y editora, atravesando con el tenedor lo que parecía un desafortunado trébol moribundo y metiéndoselo en la boca.

17

Cambio de planes

Francis Dómino siempre había querido ser escritor. Pero no tenía ni una sola idea. Por eso, desde que era un crío, se había dedicado a escribir versiones delirantes de sus novelas favoritas. Entre ellas se encontraba *Flush*, de Virginia Woolf. En la novela de Francis, Flush se llamaba Earl y también era un cocker spaniel sólo que, en vez de acabar secuestrado, acababa suicidándose, indigestándose con su libro favorito, *El planeta de los perros*, por cierto, otra delirante revisión de una de sus películas favoritas, *El planeta de los simios*. A todo esto, Charlton Heston, actor y ex presidente de la Sociedad Nacional del Rifle, del que Marvin sospechaba que había tenido algo que ver con la nueva versión armada del Capitán América, había sido el protagonista de dicha película.

El caso es que Francis había escrito todas aquellas novelas estúpidas, por puro entretenimiento, pero luego había conocido a Roberta Glanton y ella le había propuesto convertirse en (TACHÁN) Vendolin Woolfin.

—¿Quién? —Ése era Francis, tumbado boca arriba en su cama, fumando uno de aquellos Ponds del 83 y divirtiéndose de lo lindo con las anécdotas de aquella nueva clienta, agente literaria nada menos.

—Un clásico —dijo entonces Roberta.

—¿Qué clásico?

—¿No me has oído? Acabo de contarte cómo se crea un clásico.

—Sí, pero ¿yo? —Francis sonrió.

Un clásico era, en realidad, lo que había querido ser desde que era un crío.

No importaba cómo.

Escribir le había parecido siempre el camino más fácil.

—Tú, cariño —había dicho Roberta.

Y así fue como un tipo cualquiera, un detective metido a gigoló y aficionado a desfigurar novelas, se había convertido en un clásico de la literatura.

¿Y sus biógrafos?

Los había contratado personalmente Roberta Glanton.

Los había sacado de su agenda de tipos dispuestos a todo con tal de publicar.

—Yo me encargaré de todo —había dicho Roberta. Y había cumplido con su palabra.

Y se había hecho millonaria. Luego había comprado una editorial y se había hecho multimillonaria. ¿Y qué había sacado Francis de todo aquello?

Dinero.

Pero no lo que quería.

Lo que quería era fama.

Así que era lógico que el autor hubiese iniciado una revuelta en solitario. Como también era lógico que su multimillonaria agente, editora y ex amante tratara de impedirla, con el fin de que su gallina de los huevos de oro siguiera cacareando.

Así que Francis apuraba cigarrillos y esperaba, con los pies sobre la mesa, a que el teléfono sonara. Sabía que Roberta tramaba algo y por eso había vuelto a llamar a Clay Gómez, el corresponsal del *New York Times* en Barcelona, para cambiar su cita del viernes.

—Podríamos quedar, no sé, ¿qué le parece mañana? —había dicho Francis.
—¿Mañana?
—Mañana, sí.
—Tengo que consultarlo. ¿Puedo llamarle en cinco minutos?
—Claro.

Francis colgó y esperó. Pasaron cinco minutos, diez. Cuando apuró su segundo cigarrillo, pensó que quizá Clay se había olvidado de él. Así que volvió a llamarle. Eran casi las once. ¿Quién demonios trabajaba hasta las once de la noche? A Francis nunca le habían interesado los periodistas. No estaba familiarizado con sus horarios de esclavo ni con su exigua vida privada, generalmente vinculada a la redacción, de la que apenas salían. Por supuesto, aún no conocía a Liz Garo y nunca llegaría a conocerla lo suficiente como para que eso le molestara.

—¿Puedo hablar con Clay Gómez?
—¿De parte de quién? —No era la voz de una telefonista, era la voz de alguien que odiaba todo lo que le rodeaba.
—Francis Dómino.
—¿De qué editorial? —interrogó Voz Odiosa.
—Soy un amigo.
—Un momento. —Ni siquiera hubo música de transición. Clay no tardó en coger el teléfono. Voz Odiosa no era la telefonista, tal vez sólo fuera alguien que pasaba por allí.
—¿Francis? —dijo Clay.
—El mismo.
—Lo siento. Iba a llamarle ahora. ¿A qué hora podríamos vernos?
—¿Mañana?
—Sí. Creo que podré arreglarlo.
—¿Qué tal a las cuatro?
—Perfecto. A las cuatro.

—¿Dónde?
—¿Conoce la tetería Oso Pony?
—No.
—Calle Princesa, el segundo callejón a la derecha.
—Muy bien.
—Es un lugar tranquilo.
—Perfecto. —Francis sostenía el teléfono con el hombro y jugueteaba con el llavero de la bola del mundo del que colgaban la llave de su coche y la de su despacho.
—¿Sabe? He estado dándole vueltas a lo que me dijo. —Ése era Clay.
—¿Sí? ¿Y ha sacado algo en claro?
—No. No sé qué puede decirme sobre Vendolin Woolfin que no sepa ya.
Francis se rió.
—Le daré un titular para que su espera sea más interesante.
—Escuche...
—Vendolin Woolfin está viva.
—¿VIVA?
—Viva.
—¿Cómo lo sabe?
—Creí que habíamos quedado mañana. —Francis sonrió. Se estaba viendo en la portada: lucía su mejor sonrisa y su corbata favorita.
—No puede estar viva, ¿qué es, la mujer más vieja del mundo?
—Hasta mañana, señor Gómez. —Francis soltó una carcajada.
Luego colgó. Se fumó un Pond del 83, llamó a su última conquista, una escritora rubia de falda corta, escote perverso y pendientes como elefantes, y le preguntó si había cenado. Ella le dijo que no solía cenar y él quiso saber:
—¿Ni siquiera cuando tienes algo que celebrar?

18

Bienvenida, lucha en el barro

Muchos eran los secretos que guardaba Clay Gómez, el joven corresponsal del *New York Times* en Barcelona, pero ninguno iba a darle tantos problemas como saber que Vendolin Woolfin seguía viva. Clay no tenía ni idea, pero un día más y su vida pendería de un hilo. Aunque lo cierto era que ya hacía meses que su vida pendía de un hilo por culpa de aquella maldita crisis de las hipotecas basura. Los bancos habían jugado a ser Dios y convertido a pobres tipos sin hogar pero con tres trabajos en fichas del ajedrez bursátil y los muy estúpidos habían acabado haciéndose el jaque mate a sí mismos.

Los muy estúpidos.

Y ahora el mundo estaba lleno de parados que estaban perdiendo sus casas.

Y de tipos como Clay Gómez, que tenían un trabajo a distancia, y luego ya no.

No, ni siquiera el *New York Times* había escapado a la crisis. Había congelado las tarifas de los colaboradores como Clay Gómez. Por eso Clay había tenido que buscar trabajo. Un trabajo horrible en una agencia de noticias.

—¿Quién no ha muerto? —le preguntó, casi por cortesía, Darin.

—Oh, nadie.

—Qué bien —dijo la chica.

Darin era su compañera en la agencia de noticias. Se encargaba de la sección de guardia, también conocida como (CONTINUIDAD) y eso quería decir (SUCESOS). Llamaba a los bomberos y a la policía una vez cada hora y actualizaba cada diez minutos la página de tráfico en busca de accidentes. De vez en cuando redactaba teletipos de tres párrafos cuyo titular empezaba con la palabra (MUERE).

Era un trabajo maravilloso.

Ocho horas al día escribiendo iniciales de muertos.

De tres de la tarde a once de la noche, por un módico sueldo.

¿Te parecen bien setecientos euros al mes?

Por supuesto.

Era un trabajo maravilloso.

—¿Me esperas? —preguntó Darin. Y colgó su auricular de telefonista, viendo que el chico guardaba sus cosas en su vieja cartera de mano.

—Claro —dijo el chico.

Clay solía quedarse hasta que Darin se marchaba. Ella siempre insistía en tomar una copa, pero Clay nunca tenía tiempo. Clay siempre tenía que escribir. Escribía a todas horas. Lo que Darin no sabía es que Clay escribía porque tenía que pagar el alquiler. Un alquiler desorbitado por un piso diminuto. El sueldo de la agencia ni siquiera lo cubría. Por eso siempre tenía que escribir. A todas horas.

—La agenda está lista. —Darin programó la agenda para las cuatro y siete minutos de la madrugada. Las agencias hacían ese tipo de cosas. Programar las agendas de los periódicos de la misma manera que programaban noticias. Por eso había una cada tres o cuatro minutos. En el mundo no siempre están pasando cosas—. Apago y nos vamos.

—Darin —empezó a decir Clay. La chica lo miró con los ojos como platos. Él se interrumpió—: Oh, bueno, nada.

—¿Quieres que vayamos a tomar una copa? —contraatacó ella.

Clay sonrió.

No había nadie más en la redacción.

—¿Por qué no? —dijo.

—¿Lo dices en serio? —Darin sonrió por primera vez en mucho tiempo.

—Claro —dijo Clay.

¿Y puede saberse por qué había provocado Clay una cita de la que había estado huyendo desde el principio de los tiempos? No es que no le gustara Darin, no, de hecho, había llegado a soñar con ella y en su sueño tenían tres bebés, un perro y una casa junto al mar, y ambos escribían sin parar, pero Clay Gómez era tímido y temía no saber de qué hablar con ella. Un momento, ¿quieres decir que...?

No puedo decírselo, se dijo.

Pero ¿qué podía hacer? No quería volver a casa porque sabía lo que pasaría. Se pondría a beber y bebería más de la cuenta, y llamaría a su madre o a su jefe, su jefe en el *New York Times*, y le diría: Ya sé que es muy tarde, mamá, o, Ya sé que es muy tarde, Frank, pero tengo una bomba, escucha, tengo una bomba.

Y eso no podía ocurrir.

Así que saldría con Darin. Y a lo mejor hasta se acostaría con ella.

—¿Me das un minuto? —dijo la chica.

Clay asintió y luego la esperó hojeando un libro. Clay se encargaba de la sección de Cultura, era a la vez el único redactor y el jefe de sección.

—¿Vamos? —dijo la chica, al fin.

Había estado en el cuarto de baño, pintándose los labios.

—Sí —dijo Clay.

Clay, por cierto, no parecía norteamericano, pero lo era.

Había nacido en Nueva York y había vivido allí hasta los quince años, cuando sus padres se separaron y él siguió a su padre, un escritor de ciencia ficción que siempre había firmado con seudónimo, hasta Barcelona. Clay era moreno, algo enclenque y tenía la piel blanca y tan suave como la de un bebé. Sólo se afeitaba una vez a la semana porque no podía decirse que la pelusa que le crecía en torno a la boca fuera barba.

—Sigo sin entender por qué te quedas hasta tan tarde —dijo Darin, al salir.

Dejaron la puerta abierta, apenas entornada. Así funcionaba la agencia, no había llaves para todos porque, entre otras cosas, la gente no duraba demasiado. No era habitual que alguien pasara más de cuatro años allí, como llevaba Darin, y, además, un equipo de televisión hacía guardia por la noche y sólo uno de los dos tenía llave. Nunca sabían quién llegaría antes.

En el ascensor, Clay y Darin se sonrieron, se miraron los zapatos el uno al otro, y cuando, CLAC, el ascensor se detuvo, bajaron, caminaron hasta la calle y entonces:

MEC-MEC.

Un claxon. Y una mujer gritando:

—¡CLAY!

Era una mujer en un Peugeot 306 amarillo y descapotable.

—¡CLAY! ¡AQUÍ! —Estaba haciendo señas con la mano desde el otro lado de la calle. Clay la saludó.

—Mierda —dijo.

—¿Quién es? —preguntó Darin.

—Liz Garo —dijo Clay.

—¡CLAY! —insistió Liz, desde el Peugeot de su ex marido.

—¿Una amiga?

—No —dijo Clay—. Espera, uh, será un momento, ¿vale?

Pero Clay sabía que no sería un momento.

Clay se despidió de su cita con Darin y le dio la bienvenida a la lucha en el barro que estaba a punto de protagonizar con la llamativa rubia.

Cruzó la calle y se acercó al coche, estacionado de cualquier manera en un vado, con las luces de emergencia relampagueando: CLIC-CLAC-CLIC-CLAC.

—Yuju, campeón. —Fíjense bien en Liz, subida al respaldo de su asiento, con un imposible palabra de honor rojo chillón, ¿no resulta encantadoramente terrorífica?

—Hola, Liz —dijo Clay.

—He pensado que hacía mucho que no nos veíamos y que la última vez la cosa no acabó, ya sabes, de la mejor de las maneras. —Liz frunció el ceño y adelantó el escote. Acababa de lanzarse al ataque.

—Oh, ya —dijo Clay, que casi había conseguido olvidar aquella noche—. Pero esta noche he quedado con, eh, Darin.

—¿Darin? ¿Quién es Darin? —bramó Liz, poniendo cara de niña mimada al borde del berrinche.

—Una chica de la agencia —dijo Clay, metiéndose las manos en los bolsillos.

—Creí haberte oído decir que no tenías tiempo para eso. ¿O es que me mentiste?

—Escucha, Liz...

—No, escúchame tú, Clay. No sé lo que has hecho pero Roberta Glanton quiere comprarte. Y si quieres oír más, tendrás que venir conmigo.

—¿Roberta Glanton, de Glanton Ediciones?

—La misma —dijo Liz.

El periodista se acarició la barbilla, su barbilla barbilampiña, pensativo.

—¿Por qué? Me refiero a que, bueno, esas cosas no, uh, no pasan.

111

Liz sonrió. Se dejó caer en el asiento y puso el motor en marcha.

—No pienso repetirlo. Si quieres saber más, tendrás que venir conmigo.

—¿Ahora? —Clay miró a Darin. Había encendido un cigarrillo.

—Ahora —dijo Liz.

Clay asintió.

Está bien, pensó, puedo salir con Darin mañana.

—Dame un minuto —dijo, y volvió junto a su compañera.

Darin sonrió al verle llegar. Exhaló el humo y le preguntó:

—¿Todo bien?

—No. Tengo que irme.

—¿Y la copa? —preguntó Darin.

—Bueno, eh, ¿podemos dejarlo para mañana?

—¿Estás saliendo con ella?

—¡No! —Clay suspiró—. Es por Roberta Glanton. Liz la conoce, ya sabes, Glanton, de Glanton Ediciones, y dice que quiere ofrecerme algo, algo importante.

—Ya.

El claxon sonó un par de veces (MEC-MEC).

—Tengo que irme. Mañana hablamos.

—Genial —dijo Darin.

La chica empezó a alejarse, cabizbaja.

—Hasta mañana —dijo Clay.

Darin no respondió. Levantó una mano, de espaldas. Clay cruzó la calle corriendo. En su ausencia, Liz había encendido un Sunrise y puesto la radio. Estaba retocándose los labios en el retrovisor.

—¿Has cenado? —le preguntó.

Clay se sentó en el asiento del copiloto.

—No.

—Te llevaré a un sitio donde pueda tomarme una copa mientras comes algo. ¿Qué te parece la pizzería de la esquina?

—No tengo hambre.

—Decidido entonces. Iremos al Brownie.

El Brownie era una coctelería. Para ser más exactos, la coctelería favorita de Liz Garo. Tenía reservados, cócteles y sándwiches de queso brie. Estaba en la zona alta.

—Un margarita, un neptuno y un sándwich de brie.

—Marchando, señorita —dijo el camarero.

Estaban sentados en uno de los reservados.

Clay se había acodado en la mesa y miraba el servilletero con curiosidad.

—No es una nave espacial —dijo Liz.

—¿No? Pues lo parece —dijo Clay.

—Oh, vamos, ¿vas a seguir sin hablarme?

Clay se encogió de hombros.

—Depende.

—¿De qué, cariño? —dijo Liz.

—¿Invitas tú?

Liz se rió.

—No soy yo quien escribe para el *New York Times*.

—¿Quieres saber algo? Hace casi dos meses que no les vendo nada.

—¿Y? —Liz fumaba con descuido—. Eres rico.

Clay se rió.

—Rico —dijo—. Me han retirado el sueldo. Por la crisis.

—¿En serio? —Liz le echó un vistazo a la carta. Era su coctelería favorita pero Liz no acostumbraba a pagar la cuenta—. Bueno, supongo que puedo permitírmelo.

—Genial, porque yo no —dijo Clay.

—A cambio tienes que contármelo todo.

—Creí que eras tú la que tenías que contarme cosas.

—Cariño —dijo Liz, posando sus manos sobre las de Clay—. ¿Y si te dijera que en realidad estamos aquí para acabar lo que dejamos a medias la otra vez?

—Ni lo sueñes —dijo Clay, quitándose aquellas manos de encima.

—¿No te gusto? —Liz le mostró su mejor perfil, hinchó los labios, puso ojos de chica desamparada y Clay no tuvo más remedio que decir:

—No es eso.

—Ah, no. Entonces es esa chica.

—¿Darin?

—Oh, vaya. Tiene nombre.

—Liz, ¿qué pasa con Roberta?

El camarero llegó con los cócteles y el emparedado de brie. Liz le guiñó un ojo, le dio las gracias y le regaló un cruce de piernas.

—¿Por qué haces eso? —preguntó Clay.

—¿El qué? —Liz le lanzó una sonrisa malévola.

—Ya sabes. —Clay señaló sus piernas con disimulo.

—¿Estás celoso? —Liz se acodó sobre la mesa y plantó sus labios a un centímetro de los de Clay, que se apresuró a bajar la vista hacia su bocadillo.

—Tiene buen aspecto —dijo, cogiéndolo y dándole un buen mordisco.

—¡No cambies de tema!

—No soy yo quien ha cambiado de tema.

—No, claro, he sido yo.

—¿Qué pasa con Roberta Glanton?

—¿Vas a decirme que sólo has venido por eso?

—Sí —dijo Clay, dándole otro bocado al sándwich y añadiendo, con la boca llena—: ¿Qué es eso de que quiere comprarme?

—Lo que oyes.

—¿Por qué?

—Dímelo tú. —Liz se bebió la mitad del neptuno de un trago—. Adoro este sitio.

—No lo entiendo. Hace dos meses que no publico nada a nivel mundial.

—Puede que quiera que lances a un nuevo autor.

—¿Ahora? Imposible. Tendría que estar muerto. Ser un mito. Como Vendolin.

—Ya lo ha hecho una vez, ¿no?

Clay detuvo el sándwich a dos centímetros de su boca.

—Un momento —dijo.

—¿Tienes algo gordo?

—Puede —dijo, pero lo que estaba pensando era: Sí, la llamada de un pirado.

Un pirado que dice que Vendolin Woolfin sigue viva.

Liz no había oído esto último, pero le cambió la cara de todas formas.

—¿En serio?

—Sí. —Clay sonrió.

—¿Cómo de gordo?

—Muy gordo.

—¡Ooooh, Dios mío! —Liz se puso en pie y dio un efusivo abrazo a Clay.

—¿Qué haces?

—¿Sabes lo que eso significa, Clay? ¡Significa que Roberta Glanton va a pagarte de por vida! ¡Vas a ser millonario! ¡Podrás retirarte!

—¡Yo no quiero retirarme! —bramó Clay.

—¿No?

—¡No!

—¿No te quejabas hace un momento de la maldita crisis?

Claro que se quejaba. Y, cierto, el dinero no le vendría nada mal. Pero si Roberta Glanton estaba dispuesta a ofrecerle un cheque en blanco era porque estaban hablando de algo MUY GORDO y en ese caso el dinero no podía comprar la fama que algo así iba a reportarle. Woodward, Bernstein, pequeño Avery, pienso sumarme a la lista, chicos, se dijo.

¿Y quiénes eran Woodward y Bernstein?

Dos periodistas. Uno era rubio y el otro moreno. Tenían un amigo al que llamaban Garganta Profunda. Ese amigo les contó algo y ese algo era una bomba a la que llamaron WATERGATE. Y ocurrió que la bomba explotó y se llevó por delante al presidente de los Estados Unidos, Richard Nixon (un tipo bajito y moreno).

¿Y qué hay del pequeño Avery?

El pequeño Avery siempre supo quién era Zodiac, el asesino enmascarado que una vez tuvo un reloj Zodiac, pero nadie le creyó.

Y lo despidieron.

¿Significaba eso que iban a despedir a Clay?

¿Acaso no lo habían hecho ya?

Liz pidió un segundo neptuno y se sentó. Acabó el primero, tosió, nerviosa, y se pasó una servilleta por los labios.

—Me gusta mi trabajo —dijo Clay.

—Claro que te gusta —dijo Liz—. Y no tienes por qué retirarte, podrías tomarte un año sabático. O dos. Viajar por el mundo. Te aseguro que eso también te gustaría.

Clay se acabó el sándwich. Se relamió los labios y, con la boca llena, dijo:

—Puede.

—¿Puede?

—Oye, Liz, no soy como tú. Asúmelo de una vez. No me gusta viajar, me gusta lo que hago. Así que no voy a aceptar el trato de Glanton.

—Muy bien. Sé un buen chico. No aceptes. Pero dame alguna pista.

—No puedo.

—¿Por qué no? —Liz se cubrió la boca con una mano—. Será nuestro secreto.

—Es mi secreto —dijo Clay.

—Oh, muy bien. Será tu secreto. —Liz subió su pie derecho a la silla de Clay y lo colocó justo sobre su entrepierna—. ¿Por qué no hablamos de cosas más interesantes?

—Liz... —susurró Clay.

—¿Otro margarita?

El chico se encogió de hombros.

Liz siguió maniobrando bajo la mesa.

Sabía que al final de la noche tendría una pista. Y no se equivocaba. Clay acabó confesando su cita con Francis Dómino. Pero nada más. Al menos, eso era todo lo que podía recordar Liz a la mañana siguiente.

Demasiados neptunos.

19

Mary Jane Watson

El día en que Madeline conoció a Philip Watson pensó que era un chico demasiado raro. Pero cuando le sugirió que algún día, quizá, si ella no tenía nada mejor que hacer y si le apetecía, claro, podían ir a tomar un café, un helado, un batido o lo que quisiera, dijo:

—¿Por qué no?

Y lo siguiente que supieron sus amigas es que Madeline iba a casarse con aquel tipo demasiado raro. Por aquel entonces Philip lucía un flequillo parecido a una cortina enmoquetada y unas gafas de pasta similares a un par de palas de ping-pong.

—¿Por qué? —preguntaron.

—¿No es un encanto? —respondió Madeline, mostrándoles el osito de peluche que sustituía al tradicional anillo de pedida.

—No —respondieron sus amigas, al unísono.

Por eso, y por cada una de las veces que Philip las había mirado como si supieran más de la cuenta, no les sorprendió en absoluto que cinco años después de que su amiga le diera el sí quiero, aquel pequeño monstruo empezara a golpearla.

—Sólo quiere publicar su novela, ¿por qué demonios nadie quiere publicársela? —se preguntaba Madeline, porque eso era lo que enfurecía a Philip, no poder publicar su novela. Philip había llegado a ser profesor pero se había empeñado en convertirse en escritor, creyendo que ése era el siguiente paso. Pero ellas no le dejaban. Madeline y sus pecosas y pelirrojas hijas: Gayle y Mary Jane.

—¿NO PUEDES CALLARTE, ESTÚPIDA? —solía gritar Philip.

—Cariño, no hay nadie hablando.

—¿Y QUÉ ESTÁS HACIENDO AHORA MISMO, EH?

—Oh, lo siento, cariño.

—¡OOOH, MALDITA SEA! —gritó en aquella ocasión, y de un manotazo estrelló todos sus lapiceros contra el suelo, incluido uno que la pequeña Mary Jane ya tenía cuando aún creía que los elefantes podían volar.

—Eso no ha estado bien, Phil.

—¿AH, NO?

—No, no ha estado nada bien. —Madeline recogió uno a uno los pedazos de aquel lapicero del suelo y, acto seguido, hizo las maletas y fue a esperar a sus hijas al colegio. Empezó entonces el peregrinaje de las chicas Watson: de casa de la abuela a casa de tía Dorothy, o de tío Matt, o de tía Anne.

Mary Jane y su hermana pasaban mucho tiempo en casa. Sobre todo, en casa de tía Anne. Así que la tarde en que el vecino, Ben Parker, murió a manos de un asaltante, Mary Jane y Gayle estaban sentadas en el sillón mostaza que presidía la sala de estar de su divertida tía, compartiendo un batido de chocolate. La vecina, May, entró llorando y tía Anne la consoló hasta que llegó su sobrino, Peter, un apuesto jovencito por el que la pequeña Mary Jane (ya no tan pequeña, acababa de cumplir los dieciocho) se sintió atraída desde el principio. El bueno de Peter Parker, que, antes de acudir a consolar a su tía, se metió en su cuarto y salió por la ventana, convertido en, oh, vaya, nada menos que Spiderman. Así que Mary Jane Watson supo quién era Peter Parker desde el principio, pero guardó el secreto durante mucho tiempo.

Mary Jane Watson fue nombrada por primera vez en el número 15 de la serie *Amazing Spider-Man*, publicado en agosto de 1964. Tía May se refirió a ella como (ESA SIMPÁTICA WATSON DE AL LADO). Peter no tenía interés en conocerla, por entonces quien le gustaba era Gwen Stacy (o puede que alguna de sus anteriores chicas: Liz Allen o Betty Brant), así que le dijo a su tía que, seguramente, Mary Jane no sería su tipo. Así que Mary Jane siguió siendo la vecina en la sombra.

Casi un año después, en junio de 1965, Mary Jane hizo su primera aparición (en el número 25 de la citada serie), pero nadie, ni siquiera el lector, consiguió verle la cara. No fue hasta el número 42 de *Amazing Spider-Man* (publicado en noviembre de 1966 y firmado por Stan Lee y John Romita Sr.) que Peter se decidió a conocerla (previa cita a ciegas amañada por tía Anne y tía May, deseosas de que sus queridos sobrinos encontraran a alguien con quien pudieran superar su timidez) y entonces...

—¿Qué pasa entonces? —Wen parecía maravillada.

—Peter se enamora.

—¿Y qué pasa con Gwen?

—Gwen muere.

—¿Muere?

—La mata el Duende Verde.

—¿Quién es el Duende Verde?

—Es uno de los villanos.

—Ah, un villano —dijo Wen, en alemán.

—¿Cómo has dicho?

—¿Y qué pasó luego?

—Un día, Mary Jane fue a ver a Peter y se lo encontró luchando contra el Puma.

—¿Quién es el Puma?

—Un melenudo color mandarina.

—Oh.

—Ese día también le pilló con su otra novia, la Gata Negra.

—¿Peter salía con dos chicas a la vez?

—No exactamente. Pero después de eso se quedó con Mary Jane. Ella le confesó que conocía su secreto y se casaron.

—¡Se casaron! ¡Súper Chica nunca se ha casado con nadie!

—Oh, bueno, Súper Chica no es de ésas.

—Ya. ¿Y qué pasó luego?

—Luego Mary Jane protagonizó una serie de televisión y tuvo un admirador que a punto estuvo de acabar con Peter.

—¿En serio?

—Sí. Pero ¡nadie puede acabar con Spiderman!

—Claro. ¿Y luego? ¿Qué pasó luego?

—Tuvieron una hija pero desapareció.

—¡Oh!

—Entonces Mary Jane dejó la televisión y volvió al teatro. Pero la suya no ha sido una relación fácil. Lo han dejado y han vuelto muchas veces.

—Como Súper Chica y Ed Meyer —dijo Wen, y de repente pareció como ida.

Cuando salió de El Capitán Avena Loca, con el sobre marrón del señor Piscis en el bolso, Marvin la esperaba en la puerta. Casi lo había olvidado. El cine. Wen se alegró tanto de verlo que le dio un abrazo. Marvin no se atrevió a estrecharla. Aquella pulga de color rosa le mordía los cordones de las malolientes Chuck Taylor.

—Oh, tenemos que llevarlo a casa —había dicho entonces Wen, recordando que los perros no podían ir al cine.

Así que lo habían llevado a casa.

Y luego habían ido al cine.

En aquel momento caminaban por las Ramblas, donde había tipos intentando venderles una cerveza cada dos pasos. Marvin hubiera querido aplastarles la cabeza contra el suelo.

A veces soñaba con ser un supervillano y aplastar cabezas sin ninguna preocupación ni respeto por sus propietarios.

Wen no había pensado en *intervenir* en toda la noche.

Wen llamaba (INTERVENIR) a entrar en acción, quitarse el jersey, dejar al descubierto la letra (S) en amarillo chillón sobre fondo blanco (el diseño había sido cosa de su madre) de su traje y perseguir ladrones, obligar a los maleducados a portarse bien y alejar cualquier tipo de amenaza supervillana.

—¿Fumas? —preguntó Marvin, ofreciéndole un Ducados.

—No —declinó Wen.

Wen estaba pensando en el señor Piscis.

No podía quitárselo de la cabeza.

—¿Te ha gustado la película? —preguntó Marvin.

Wen no lo estaba escuchando, asintió (UHM).

—¿Por qué crees que los extraterrestres siempre son malos? Ya me entiendes. —Marvin describió un círculo con el cigarrillo, haciéndose estúpidamente el interesante—. En el cine siempre son malos. Pero no creo que lo sean.

—Ya —dijo Wen. Por supuesto, no le estaba escuchando—. ¿Tú cómo crees que un detective descubre las cosas?

—¿Un detective extraterrestre? —preguntó Marvin, sonriendo con media boca y el cigarrillo colgando. Seguía haciéndose estúpidamente el interesante.

—No, uno normal.

—No sé. Los detectives siguen a la gente, ¿no? —Pasaban junto a la terraza de un bar de las Ramblas en la que como era habitual había: *a*) mesas con manteles a cuadros rojos y blancos, y *b*) turistas bebiendo sangría—. ¿Tienes sed? Podríamos tomar algo.

Wen asintió. No le había escuchado.

—Pero ¿cómo saben qué estará haciendo una persona a una hora determinada?

—Porque lo siguen, ¿no? —Marvin tomó asiento.

Wen lo miró sorprendida.

—¿Un café? —dijo él.

—Oh —dijo Wen—. Bueno.

La chica se sentó.

—Pero ¿y si no pueden seguirle? —preguntó.

—¿A quién? —Marvin se recostó en la silla de metal—. ¿Al detective?

Wen suspiró. Se acodó en la mesa y se cubrió la cara con las manos.

—No sé cómo hacerlo —dijo.

—¿El qué? —Marvin había dejado el cigarrillo en el cenicero, se había cruzado de piernas, a la manera masculina, con el tobillo de una pierna apoyado en la rodilla de la otra, los calcetines de deporte a la vista. Parecía estar a punto de pasarle una mano por encima del hombro. Sí, seguía haciéndose estúpidamente el interesante. Aunque aún no se había atrevido a mirarla a la cara.

—¿Si te lo cuento no se lo contarás a nadie? —preguntó Wen, asomando entre los dedos de uñas verdes, con el ceño fruncido.

Marvin dijo que no.

Vino el camarero.

Marvin pidió sangría para dos.

—Soy detective —dijo Wen, y sonó como si hubiera dicho: Soy Mary Jane. O: No, en realidad soy Spiderman. El mismísimo Peter Parker travestido.

—¿Detective?

Wen asintió, mirándose las uñas, las manos unidas sobre la mesa, en una especie de súplica sobre el mantel a cuadros.

—No —dijo Marvin.

—Ajá. Lo soy. Y tengo un cliente.

—Un momento, ¿va en serio? ¿Tienes un despacho?

—Sí. Bueno, es mi cuarto.

Marvin se rió.

—¿Tu cuarto?

—Ajá. El problema es que el cliente quiere que sepa qué estará haciendo alguien a las nueve. ¿Y cómo se hace eso? Y no vale seguirle porque tengo que saberlo antes, a las ocho. No sé si debo desvelar mi identidad.

Sí, a menudo Wen hablaba como si se hubiera tragado un cómic de Súper Chica.

—¿No lo has hecho antes? —preguntó Marvin. Y lo que estaba pensando era: ¿De veras existen los detectives?

El cigarrillo, por cierto, se estaba consumiendo en el cenicero.

—No.

—¿Es tu primer caso?

Wen asintió.

—Oh. Vaya —dijo Marvin.

Llegó el camarero con la sangría. Dos vasos gigantescos con un montón de hielo y un par de pajitas amarillas.

—¿Qué hago? —preguntó Wen, y le dio un sorbo a su vaso.

—Uhm. No sé. Quizá deberías hacerte pasar por alguien. Invitarle a salir.

Wen arqueó sus pelirrojas cejas.

—¿Salir?

—¿Es un hombre?

—Sí.

—No sé, pero si alguien le invitara a ir a algún sitio entre las nueve y las doce y él aceptara, sabrías dónde está, ¿no? Podrías regalarle dos entradas para un concierto.

—¿Tú crees?

—O hacerle creer que corre peligro y recomendarle que no salga de casa.

—¿Yo?

—¿Por qué no?

—Uh, bueno, no lo sabes todo. Mi cliente cree que en realidad soy mi secretaria.

—¿Cómo?

—Cree que existe un señor Kramer.

Marvin se rió sin malicia. Y la miró a los ojos por primera vez en toda la noche. Wen también se rió. Le dio un largo sorbo a su sangría.

—Sí, puedes reírte, pero es lo que cree.

—JAUJAUJAUJAU.

Marvin no podía dejar de reír.

La sangría había empezado a hacerle efecto.

No había comido nada desde, ¿cuándo? ¿Hacía un millón de años?

Wen también se reía. De repente todo le parecía divertido.

—Yo te ayudaré. Me pondré mi traje de Spiderman —dijo Marvin.

—¿En serio? —preguntó Wen.

—Claro, ¿por qué no? —Marvin apuró el vaso, se fijó en el cigarrillo abandonado en el cenicero. Sacó el paquete—. Aunque si quieres puedo ser el señor Kramer.

—Yo también tengo un traje —dijo Wen, divertida. Se cogió un rizo, lo retorció—. Es un traje de Súper Chica pero no es el de Súper Chica. Me lo hizo mi madre.

Marvin encendió un cigarrillo haciéndose estúpidamente el interesante, con la mano rodeando la llama, chupando con fuerza, ese tipo de cosas. Luego dejó el mechero sobre la mesa, exhaló el humo con una media sonrisa.

—Eso está bien —dijo, sin acabar de creérselo—. Podríamos salvar el mundo.

—Sí —dijo Wen distraída, rodeando aquel enorme vaso con ambas manos—. ¿Y te gusta mucho?

—¿Quién?

—Mary Jane.

—¿A mí?

—A mí antes me gustaba Ed Meyer.

—¿En serio?

—Ajá. Me gustaba muchísimo. Por la noche me metía en la cama y soñaba con que venía a buscarme y me llevaba lejos.

—No lo dices en serio.

—Claro que sí.

Decididamente, Wen estaba borracha. Y Marvin empezaba a estarlo.

Se la imaginó en la cama.

Sin nada encima.

Y tuvo que dejar de imaginársela.

—¿No has pensado nunca en desaparecer? —preguntó, cogiéndose ahora él la cara con ambas manos, el cigarrillo en una de ellas y la mirada clavada ya sin pudor en Wen, fascinado por el dibujo de sus labios, sus exagerados dientes, sus enormes ojos azules y aquel montón de pecas.

—¿Como Súper Chica cuando encontró aquella moneda del Planeta Invisible?

Marvin se rió.

—No exactamente.

—Cuando era niña quería ser invisible para colarme en casa de Dedos Sucios.

—¿Dedos Sucios?

—Un supervillano —dijo Wen—. Bueno, más bien un chico que me gustaba.

—Claro. —Marvin seguía riéndose (JAUJAUJAU)—. Pero no me refería a eso. Me refería a irte lejos, como cuando soñabas con que Ed Meyer venía a buscarte.

—Oh, sí, pero ya no. ¿Por qué iba a querer irme lejos ahora?

—No lo sé. Súper Chica siempre se está yendo lejos.

—Pero yo no soy Súper Chica —dijo Wen, tirando de la falda. Las tupidas medias negras no lo eran tanto a la altura de la rodilla y la malla blanca se transparentaba un poco. Lo justo para hacerla enrojecer.

¿Y si había hablado más de la cuenta?

—Ya. Claro —dijo Marvin.

Wen sorbió su sangría en silencio.

De repente ya nada le parecía divertido.

Era tarde y quería volver a casa.

—Es tarde. Quiero volver a casa —dijo, fijándose en los dedos

sucios

amarillentos de Marvin.

Marvin se miró el reloj.

—Uy, sí —dijo él, se colgó el último cigarrillo que había encendido de la boca y se puso en pie, buscando la cartera en el bolsillo trasero del pantalón—. Pago y nos vamos.

Wen asintió, y con ella su montón de pecas teñidas sobre fondo rojo.

Sentía vergüenza y no sabía por qué.

Estaba segura de haber hablado más de la cuenta.

Marvin puso un billete de veinte sobre la bandeja del camarero y se quitó el cigarrillo de la boca. Sin atreverse a mirarle a la cara, Wen dijo:

—Te llamaré si funciona.

—¿Uh?

—Lo de las entradas. Te llamaré si funciona —repitió la chica.

—Ah, claro. Sí. Llámame —dijo Marvin.

Volvía a hacerse estúpidamente el interesante.

—Bueno. Ha sido divertido —dijo Wen.

Marvin asintió.

—Y eso que no hemos salvado el mundo —añadió.

—Ya —dijo Wen, y se metió las manos en los bolsillos—. Bueno, me voy.

—Te acompaño —dijo Marvin.

—No hace falta —dijo la chica y, ya alejándose, caminando de espaldas, añadió—: Te llamo si funciona, ¿vale?

—Vale —dijo Marvin y se quedó allí plantado, esperando al camarero, sintiéndose estúpido, tan estúpido como Peter Parker debió sentirse el día de su primera cita con Mary Jane, mientras

Mary Jane

Wen se alejaba, con las manos en los bolsillos, la cabeza baja y aquel montón de pecas a punto de (BAMBUM) explotar.

20

Comerse al tío Lorenzo II

Marion Kramer había nacido para dirigir el mundo, sólo que el mundo no le hacía caso. El mundo estaba demasiado ocupado tratando de resolver sus propios asuntos, que no eran otros que los de un planeta azul que quiere perder de vista al Animal Pensante y Estúpido que se ha propuesto destruirlo. Así que, por mucho que Marion gritara, el planeta no iba a oírla. Pero su marido sí. Y el pequeño Earl también.

¿Por qué no gritar entonces?

—¡RON! —gritó Marion.

—¿Sí, cariño?

Ron estaba tratando de leer el periódico. Eran las once y diez de la mañana. Ron había llegado tarde aquella noche. Pero no tan tarde como Wen. Estaba sentado en el sofá, tenía una taza de café en la mano pero en la taza no había café sino chocolate caliente. Marion estaba doblando ropa sobre la mesa.

El pequeño Earl estaba dando vueltas por la casa.

El pequeño Earl había pasado la noche con Marion Kramer, viendo una estúpida serie sobre extraterrestres de tres cabezas que en realidad era una reposición comprada a precio de saldo por un directivo de Telecinco que creía haber sido abducido por extraterrestres. La emitían de madrugada, Marion la grababa y siempre tenía a punto un capítulo para noches como aquélla.

—Espero que estés buscando trabajo —dijo Marion aquella mañana.

Ron dejó la taza sobre la mesa, el periódico todavía en las rodillas.

—Ya tengo un trabajo, cariño.

—No, no tienes un trabajo. TENÍAS un trabajo, Ron. Creí que habíamos llegado a un acuerdo. —Marion estaba doblando calcetines.

—No pienso hacerlo, Marion —dijo Ron, poniéndose serio. Era la primera vez en mucho tiempo que llamaba a su mujer por su nombre.

—¿NO? —Marion alzó las cejas.

Ron negó con la cabeza.

—¿POR QUÉ NO?

—No puedo dejar a mi tío Lorenzo.

—No puedo dejar a mi tío Lorenzo. —Marion le imitaba con voz de chiquilla—. No te estoy pidiendo que dejes de follártelo, Ron.

—¡Marion!

—Dame eso.

Marion le quitó el periódico, lo abrió por la página de clasificados y lo dejó caer sobre la mesita que había entre el televisor y el sofá. A punto estuvo de tirar la caja de galletas que había estado desayunando Ron.

—Busca trabajo.

—¿EN SERIO QUIERES QUE DEJE AL TÍO LORENZO?

—¡CLARO!

—¿POR QUÉ?

—¿Por qué? ¿Quieres que te recuerde lo que te paga tu tío Lo-ren-zo?

—No voy a dejar a mi tío, Marion. —Ron se puso en pie. Era la primera vez en mucho tiempo que le decía que no a algo.

—Entonces tendré que dejarte yo a ti —contraatacó Marion.

Su masaje de los miércoles, todo aquel aceite sobre su cuerpo, y aquellas manos, las manos expertas de Dan recorriéndolo, no podía desaparecer. Si su matrimonio tenía que acabarse, se acabaría, pero Dan no podía acabarse. No, ni pensarlo.

—Te dejaré y tendrás que pasarme una pensión y entonces tendrás que buscar otro trabajo y dejar a tu maldito tío, ¿quieres eso? —insistió Marion.

—¿Me dejarías? —preguntó Ron.

—Te dejaría —respondió Marion, resuelta.

—No puedes dejarme.

—¡Claro que puedo!

—¿Vas a dejarme sólo porque no quiero buscar otro trabajo?

—Sí.

—¡No puedes hacer eso!

—Buenos días, mamá —dijo Wen—. Oh, papá, estás ahí.

—Buenos días, cariño —dijo la madre.

—¿A qué hora viniste anoche? —preguntó el padre.

—Oh, no sé —dijo Wen. Se masajeó la frente con la mano derecha—. Tarde.

—¿Qué tal la película, cariño? —preguntó Marion.

—Uh, muy bien —dijo Wen—. ¿Hay café?

—En la cocina —informó su madre.

Wen hizo ademán de darse media vuelta y volver al pasillo, pero recordó algo y se detuvo. Se metió la mano en el bolsillo del batín y le tendió a su madre el sobre marrón que le había dado el señor Piscis.

—Hay doscientos —dijo.

Se había quedado con cincuenta.

Por si los necesitaba para comprar entradas.

Después de todo, no era tan mala idea.

—¡Cariño! —Marion dio un abrazo a su hija.

—¿De dónde has sacado todo ese dinero? —dijo el padre.

—Tengo un caso —dijo Wen, y se agachó a por una de las galletas que Ron había estado mojando en el chocolate.

Marion cogió el sobre, lo abrió, puso los billetes sobre la mesa y los contó.

—¿Un caso? —preguntó el padre, mirando el dinero.

—¡Oh, cariño! —Marion parecía encantada.

—Tengo que seguir a un hombre —explicó Wen.

—¿Y eso no es peligroso? —preguntó el padre.

—¿Por qué iba a serlo, Ron? —Marion lo miró desafiante.

—No sé. ¿Quién es ese hombre?

—Se parece a Ed Meyer —dijo Wen.

—¿Y a qué se dedica?

—¡Ron! —Ésa era Marion.

—¿Qué? ¿No puedo preguntar?

—No —dijo Marion. Miró a su hija, sonrió y añadió—: No le hagas caso a tu padre, Wen. Nos alegramos muchísimo por ti, cariño. Seguro que lo harás estupendamente.

—Oh, gracias, mamá —dijo Wen, en alemán.

—Gracias a ti, cariño —dijo la madre, también en alemán, guardándose el fajo de billetes en el bolsillo del batín (imitación de seda, de color rosa, de muy mala calidad) y asegurándose de que Ron la veía hacerlo—. Si no fuera por el pequeño Gus y por ti, cariño, esta familia no existiría. Dale las gracias a tu hija, Ron.

El padre se atragantó con su propia saliva. Luego dijo:

—Gracias, cariño.

21

¿Y si Peter Parker se casara con otra?

Marvin se despertó con la sensación de haber dormido en una caja de zapatos. Abrió un ojo, luego el otro, parpadeó y, buscando su despertador, se topó con un reloj de pulsera gigantesco. Lo cogió. Intentó ponérselo. Hubiera necesitado tres muñecas como la suya para ajustarlo. Volvió a dejarlo donde estaba, sobre su preciado *What If?* (*¿Y si Peter Parker se casara con otra?*), y se preguntó de dónde lo habría sacado. No recordaba haber comprado un reloj de pulsera gigantesco. Y entonces cayó en la cuenta de que no estaba solo. Había alguien en el cuarto de baño.

¿Wendolin?

No, no podía ser.

Se había ido.

Lo recordaba perfectamente.

Y también recordaba haber vuelto a casa y.

Oh, oh.

Marvin se incorporó de un salto y descubrió en el suelo, junto a la cama, un par de zuecos de hospital. Un poco más allá, colgando de la silla de su escritorio, un mantel blanco, o un uniforme de enfermera con aspecto de tienda de campaña.

Naomi había vuelto.

Naomi, la enfermera tremendamente (ENORME) con la que había estado saliendo.

Se la había encontrado en la puerta de casa, al regresar, borracho.

—Me han cancelado el turno de noche. Pensé que estarías en casa —había dicho.

Y luego había pasado lo que solía pasar.

Y ahora Naomi salía del cuarto de baño envuelta en una toalla que, en un cuerpo como el suyo, parecía un paño de cocina.

—¿Estás despierto? —preguntó.

Marvin buscó el paquete de tabaco en el bolsillo de sus pantalones, que estaban hechos un gurruño en el suelo. Dijo:

—Debería estar en la tienda.

Luego encendió un cigarrillo, se sentó en la cama y hojeó el *What If?* En él, un villano llamado Astro Cupido irrumpía en la despedida de soltero de Peter Parker y le hacía beber una especie de pócima. Luego se travestía (convirtiéndose en una pelirroja despampanante) y lo conquistaba, con el fin de impedir su boda con Mary Jane y destruir su amor para, una vez vencido, dejarlo en manos de la enésima reencarnación del Duende Verde. Lo bueno era que Súper Chica lo rescataba, porque Astro Cupido había tratado de hacer algo parecido con ella, haciéndose pasar por Ed Meyer. Y Peter Parker llegaba a desear, por un momento, casarse con Súper Chica en vez de con Mary Jane.

Nada del otro mundo.

Naomi se acercó a él. Le quitó el cigarrillo de los labios. Le dio una calada.

—¿Qué lees? —dijo y, echándole un vistazo al cómic, añadió—: ¿Sale Mary Jane?

Marvin asintió. La enfermera se sentó en la cama, a su lado.

—¿Y se parece a mí? —preguntó.

Marvin dijo:

—Tengo que irme.

Se vistió con calma. Encendió otro cigarrillo. Naomi estaba hojeando el cómic y fumando en la cama.

—¿Comemos juntos? —preguntó.

Marvin no dijo nada.

Estaba pensando en Wen.

Y en Ed Meyer.

En cómo convertirse en Ed Meyer.

Por lo que podía recordar, y no había sido un gran lector de la saga de Súper Chica, Ed Meyer era rubio, alto y tenía los ojos azules. Marvin podía intentar teñirse, podía incluso comprarse unas lentillas de colores, pero no podía crecer. Y tampoco podía ser un ganador. Un tío listo. Porque eso era lo que era Ed Meyer. Un tío listo.

El típico tío al que Peter Parker odiaría.

El típico tío al que Marvin odiaba.

Tengo más posibilidades de crecer diez centímetros que de convertirme en un tío listo, pensó Marvin. Así que, Bah, ¿a quién intento engañar?

Pero ¿acaso no había salido con Wen?

Sí, había salido con ella pero ¿con quién se había acostado?

Con Naomi.

Que estaba hablando, por cierto.

—¿Me has oído? —preguntó.

—Sí. Pero hoy no puedo.

—¿Por qué no? Pasaré a buscarte. Tengo el día libre.

—No puedo —dijo Marvin.

Se metió las llaves en el bolsillo, la cartera, el paquete de tabaco, el mechero.

—Te llamo, ¿vale? —dijo, antes de salir.

—Vale —dijo la enfermera, poco convencida de que fuera a hacerlo. Dejó caer el cómic y se recolocó la toalla en la que había envuelto su larga melena castaña.

—Quédate el tiempo que quieras —dijo Marvin, tosiendo (COF COF) y apagando luego el cigarrillo en el cenicero que había junto al despertador, en su mesita de noche.

—¿Y si te espero aquí y preparo algo de comer?

—Te he dicho que hoy no puedo.

—¿Y si cenamos?

Marvin sonrió, un mechón de pelo aceitoso le caía sobre la frente.

—Te llamo, ¿vale? —insistió.

—Vale —dijo la chica.

Marvin se dio media vuelta y estaba a punto de salir cuando ella (BUM):

—¿No vas a darme un beso?

—Claro —dijo Marvin, sintiéndose acorralado.

Así que el menudo fan de Spiderman que se pintaba las canas con rotulador no tuvo más remedio que volver a la cama y hundir sus labios en los de aquella enfermera gigante. Hubo un terremoto y luego un huracán, y Marvin tuvo que luchar con todas sus fuerzas para salir de casa con la boca intacta.

Una vez en la calle, echó a correr.

Sabía que Wen llamaría.

Llamaría tarde o temprano.

Y quería estar allí para descolgar.

Porque sí, el menudo fan de Spiderman se había enamorado.

Y no de Mary Jane.

Sino de Súper Chica.

Así que... ¿y si Peter Parker se casara con otra?

22

Tu billete a las Galápagos

A veces, cuando no sabía qué hacer, Wen tarareaba su canción favorita, «Eighties Fan», y se mordía la uña del pulgar derecho. El pequeño Earl estaba cansado de aquella canción y de Wen, y de dar vueltas, estúpidas vueltas, por aquella calle maloliente, esquivando charcos de pis y cristales rotos. Quería gritarle:

—¿QUIERES SUBIR AHÍ DE UNA MALDITA VEZ?

Pero no podía hacerlo.

Lo único que podía hacer era ladrar y tratar de arrastrarla hacia la puerta.

—GRRRRR-GAU.

—Munk, ¿qué te pasa, cariño?

—¿TÚ QUÉ CREES? —preguntó el pequeño Earl, pero sonó—: ¡GU-GUAU!

—¡Auuu! —aulló la chica. Acababa de arrancarse un buen pedazo de uña.

Dios, qué estúpida, pensó el pequeño Earl.

Wen se sopló el pulgar dolorido y miró hacia arriba.

Hacia el despacho de Francis Dómino.

En su despacho, que a la vez era vivienda, una vivienda de treinta y dos metros cuadrados, forrada en madera infectada de termitas, Francis Dómino se fumaba su sexto Pond de la mañana. Sobre su escritorio, un viejo Mac portátil. Francis estaba tratando de empezar una novela. Su primera novela Post-Woolfin.

El protagonista era un detective que se metía a escritor. Firmaba con seudónimo porque sólo las mujeres podían escribir novela rosa y él sólo sabía escribir novela rosa. Mantenía un romance con su editora y cuando le proponía desvelar su identidad secreta, ella lo abandonaba. ¿Y entonces qué? ¿Desvelaba su identidad secreta y se convertía en una especie de Casanova para lectoras deprimidas?

—Bah, es estúpido —se dijo.

Entonces alguien golpeó la puerta.

No llamó al timbre, golpeó la puerta.

Por supuesto, era Wen.

Y tenía un plan, un buen plan.

El detective se puso en pie, dejó el cigarrillo en el cenicero y mientras recorría el largo pasillo que constituía la mitad de su pequeño hogar, pensó en Roberta. Tal vez sea ella, se dijo, viene a pedirme perdón. Acto seguido se la imaginó diciendo: (¡CÁSATE CONMIGO, FRANCIS!). Su larga melena rubia caía en cascada y acariciaba una carísima americana azul eléctrico, los ojos hundidos en rímel, los labios, aquellos labios masticables y con olor a chocolate, pintados del mismo rojo que sus zapatos de tacón de diez centímetros.

Mmmmm, zapatos de tacón de diez centímetros.

Francis los adoraba.

Estúpidamente esperanzado y considerablemente excitado, Francis abrió la puerta.

Y no, no era Roberta.

Era una pelirroja. Veinticuatro, pensó, aunque podría haber tenido diez menos, o seis más. Ojos grandes y azules. Demasiadas pecas. Jersey de cuello alto y falda con medias tupidas. ¿No hace demasiado calor para tanta ropa, pequeña?

No si eres una monja, Francis, dijo Linda en su cabeza.

—Hola —dijo Wen.

—Hola —dijo Francis.

—¿Ha leído alguna vez un cómic de Súper Chica? —preguntó Wen.

Francis sonrió.

—¿Súper Chica?

Wen abrió su bolso. Le tendió el último número que había comprado en la tienda de Marvin. Dijo:

—Represento a un club de fans de Súper Chica y estoy aquí para proponerle como nuestro candidato a Ed Meyer del año.

—¿Ed Meyer del año?

—Ed Meyer es el novio de Súper Chica —le informó Wen, abriendo el número por la página que había señalado previamente y en la que aparecía el dichoso Ed Meyer—. Los clubs de fans de Súper Chica celebran una reunión anual en la que se elige un Ed Meyer y una Súper Chica. Como en los bailes de fin de curso de las películas.

Francis le echó un vistazo al cómic.

—Ya —dijo—. Pues lo siento. Me temo que estoy ocupado.

—Oh —dijo la chica, frunciendo el ceño, visiblemente decepcionada.

Qué demonios, pensó el detective. La novela puede esperar, pensó también. Oh, las novelas siempre pueden esperar, se dijo. Tienen más paciencia que las chicas bonitas. Porque bajo aquel montón de ropa había una chica bonita. Bonita y presumiblemente fácil.

—Aunque, bueno, ¿cuál es el premio? —preguntó el detective.

—¿El premio?

Wen no había pensado en el premio.

Tenía que pensar rápido.

Más rápido.

—Un viaje a las Galápagos —dijo.

Wen había estado leyendo un libro titulado precisamente así: *Galápagos*.

Era un libro sobre un grupo de gente que funda una nueva humanidad en las islas Galápagos, después de que una estúpida epidemia acabe con la primera.

—Oh, en ese caso, ¿qué le parece una taza de café a cambio de más información? —Francis se hizo a un lado con su mejor sonrisa.

Temerosa, Wen asintió.

Le temblaban las piernas.

Estaba hablando nada menos que con Ed Meyer.

El mismísimo Ed Meyer.

Había besado tantas veces su diminuta cara en las viñetas que a punto había estado de lanzarse a sus brazos nada más verlo.

—Sólo será un momento —acertó a decir.

Francis (Ed) cerró la puerta y la invitó a recorrer el estrecho pasillo.

—No hay demasiada luz —dijo.

No había ventanas en el pasillo, sólo madera, a uno y otro lado.

—No importa —dijo Wen.

Y por primera vez pensó: ¿Y si es peligroso?

Y, a continuación, se preguntó: ¿Acaso tendría miedo Súper Chica?

Oh, no, claro que no.

—Mi despacho —dijo Ed (Francis) cuando alcanzaron uno de los dos cuartos del pequeño apartamento. Dos por tres metros de habitación, un tapiz indio en la pared, una alargada mesa en el centro, un televisor polvoriento en una esquina, una silla, un sofá, una estantería, libros y un minúsculo balcón barcelonés (tan estrecho como los peldaños que llevaban al piso de los Kramer, sólo apto para pies del número treinta y seis).

—Oh, es muy bonito —dijo Wen.

—¿Bromea? Es cualquier cosa menos bonito. Por ejemplo, claustrofóbico —dijo el detective escritor, golpeando, como para corroborar sus palabras, los cristales opacos del balcón—. ¿Ve esto? Si no lo abro, no veo la calle. Y si lo abro, ¿qué veo? Un aparcamiento. Mire. Es maravilloso. ¿Le gusta esta ciudad? ¿Cómo dijo que se llamaba?

—Me llamo Wendolin.

—Wendolin. Bonito nombre.

Aunque el exiguo balcón se veía entreabierto, el ambiente estaba demasiado cargado. Había humo por todas partes.

—Francis. Francis Dómino —dijo él, tendiéndole la mano. Wen se la estrechó. Era una mano fuerte y ardiente—. Encantado de conocerla.

—Igualmente —dijo Wen, sonrojándose hasta el punto de que las pecas parecieron subírsele a las pestañas. Una vez recuperada su mano, empezó a jugar con sus pulgares. Uno encima de otro, uno encima de otro. No se atrevía a mirarle.

—Siéntese y hablemos de ese viaje, ¿iríamos juntos? —preguntó Francis, tomando asiento en su sillón. Chirrió cuando lo hizo (ÑAAAC).

Wen se sentó en la silla, sonrió, el labio superior le tembló ligeramente.

—Uh, no —dijo.

Francis aún tenía en la mano el cómic de Súper Chica. Volvió a abrirlo.

—¿Puedo preguntarle algo? —dijo, levantando la vista un segundo del tebeo.

Wen asintió, obediente, como si estuviera en clase de matemáticas y el profesor acabara de reclamar su atención.

—¿La envía Roberta Glanton?

—¿Quién?

—No se haga la tonta.

A Wen se le formó un nudo en la garganta, un nudo del tamaño de una pelota de tenis. Se sentía como si el profesor, aquel mismo profesor de matemáticas, la estuviera acusando injustamente de copiar en un examen en el que había estado trabajando toda la noche.

—Lo siento. Le estoy interrumpiendo. Estaba usted ocupado. —Wen se levantó de la silla, se colgó el bolso del hombro y tendió la mano hacia el cómic.

Francis sonrió. Con la sonrisa de Ed Meyer.

—¿Adónde va?

Wen se encogió de hombros.

—¿Cree que me da pena? Dele recuerdos de mi parte a Robbie.

—No sé quién es Robbie —dijo Wen.

—Ya —dijo Francis.

—Sólo quería que fuese usted mi candidato. —Wen alargó la mano aún más hacia el cómic que Francis seguía sosteniendo—. ¿Me lo devuelve?

—¿Qué candidato? —Oh, Dios, ¿y si está chiflada?

—Mi candidato a Ed Meyer del año. Se parece usted mucho —dijo Wen y volvió a señalar el cómic.

Francis lo miró con asombro y cautela, como si en vez de un montón de hojas tuviera en la mano una piraña del Caribe anestesiada.

—¿A ese tipo?

—Sí.

—¿Y quién demonios es ese tipo?

—Ya se lo he dicho. Es el novio de Súper Chica.

—Ya. ¿Y quién es Súper Chica? —Francis encendió un cigarrillo. Olvidó ofrecerle a Wen. Se dio media vuelta en su sillón y abrió un poco más las puertas del balcón.

—La protagonista —dijo Wen.

Francis miró la portada del tebeo.

—¿Cuál de las dos? ¿La rubia o la pelirroja?

—La pelirroja —dijo Wen.

—Oh. —¡Dios mío, está chiflada!—. Entiendo.

—La fiesta es esta noche.

—¿Qué fiesta?

—La fiesta del club de fans. Donde se elige al Ed Meyer del año.

—Un momento, todo esto es muy extraño. ¿Cómo es posible que yo no la conozca y que usted sí me conozca? ¿Me ha estado siguiendo?

—No.

—¿No? ¿Y cuándo me ha visto?

Wen dudó.

—Antes.

—¿Dónde? —Francis levantó el auricular de su teléfono fijo. Tiró una palomita de papel al hacerlo. Era aficionado a la papiroflexia—. Voy a llamar a Robbie. Siéntese.

Wen se sentó.

—Trabajo ahí enfrente. Lo veo desde mi ventana —dijo, refiriéndose a la torre de oficinas cuyo aparcamiento era todo lo que podía ver Francis Dómino desde su pequeño balcón. Fue lo único que se le ocurrió en aquel momento.

El detective escritor se dio media vuelta, con el teléfono en la mano, como si no supiera de lo que estaba hablando.

—Entonces me ha estado siguiendo —dijo.

—Lo siento —dijo Wen, avergonzada.

¡Me ha estado siguiendo! ¿No es estupendo? Oh, Francis, mírala, ahí la tienes, es tu primera fan, ¿por qué no le das dos besos y le firmas un autógrafo? Claro, le pondré: Para mi querida fan número uno, de su querido Ed Meyer.

No, mejor, de su querida Vendolin Woolfin.

Todo eso era lo que pensaba Francis.

Ciertamente, su deseo de fama era enfermizo.

En aquel instante, dejó de plantearse si venía de parte de Roberta. Era consciente de que corría el riesgo de caer en una trampa pero le traía sin cuidado. Hablaría con Clay Gómez aquella misma tarde. Ningún absurdo concurso de superhéroes podría detenerle. Así que, ¿por qué no jugar al escondite con aquella chica de las medias tupidas?

De pronto, Francis estalló en carcajadas y colgó con un estrepitoso ¡CLANC!

—¿No le molesta? —preguntó Wen.

—¿Por qué iba a molestarme? —Francis sonrió, dio una larga calada—. Así que me parezco a ese Ed Meyer. ¿Y qué tal es? ¿Es un buen tipo?

—Oh, sí. —Wen se sentía la cara a punto de explotar—. Es muy guapo. Y es casi un superhéroe. En realidad no lo es pero quiere tanto a Súper Chica que está dispuesto a cualquier cosa con tal de ayudarla.

—¡Un superhéroe! —Francis parecía borracho. De repente se puso en pie, rodeó la mesa, tomó a Wen de la mano, la hizo ponerse en pie y, rodeándole los hombros, con el cigarrillo humeante entre los dedos, añadió—: ¿A qué hora nos vemos esta noche?

A Wen se le cortó la respiración. Podía sentir el cálido aliento de Ed (Francis) en su boca. Lo único que acertó a decir fue:

—¿Le gustan a... le gustan a usted los... los superhéroes?

—¿Y a quién no? —replicó Francis.

Y la chica trató de sonreír pero su labio superior se alzó más de la cuenta y luego cayó, como poseído, destrozando la sonrisa.

Sus bocas estaban tan cerca que casi se rozaban.

Y entonces ocurrió.

Francis la besó. El beso en los labios fue fugaz como un disparo pero suficiente para casi hacer estallar el corazón de Wen.

Al ver que la chica no reaccionaba, Francis enrolló uno de sus dedos entre los rizos de Wen y volvió a besarla, deteniéndose esta vez a morder su jugoso labio inferior, a la vez que acariciaba su nuca con la mano que no sostenía el cigarrillo.

Cuando se separaron, Wen estuvo a punto de caerse al suelo.

Le temblaban las rodillas.

Sonreía.

Con todos aquellos dientes.

Se estaba viendo a sí misma en una viñeta de Súper Chica, primero besando a Ed Meyer y luego, por qué no, acostándose con Ed Meyer.

Y pensaba que a Súper Chica no iba a gustarle.

Pero le traía sin cuidado. Súper Chica tenía su propio Ed Meyer, y ella tendría el suyo, uno de carne y hueso, que sabía a Pond del 83 y olía a Bubaloo.

El Bubaloo era un chicle de fresa con relleno.

Y si Francis olía a Bubaloo era porque el champú que usaba estaba hecho con el mismo extracto de fresa que el chicle en cuestión, por cierto, el favorito de Wen.

—Entonces ¿nos vemos esta noche? —preguntó Francis.

—Sssí —susurró Wen, mordiéndose el labio, saboreando aquel beso.

Francis le dio una calada a su Pond y entrecerró los ojos. Como si fuera un galán estúpido en una película de los cincuenta. Sólo le faltaba el blanco y negro.

—Y si gano ese viaje a las Galápagos, ¿te vienes conmigo?
—¿Yo?
—Tú.

—Oh, bueno...

—A todo esto, ¿qué ganas tú?

—Es lo que iba a decirle. El viaje es para todos.

—Acabo de besarte, no me llames de usted.

—Oh. Bueno. Lo siento. Tengo que irme. Tengo que irme ya. Es, la fiesta, es a las nueve. En El Invencible.

Francis la miraba de arriba abajo.

¿Qué demonios pretendía Roberta enviándole a aquella chiflada?

—¿A las nueve? ¿En serio? ¿No podemos cenar antes?

—Bueno, su-supongo que sí.

—¿Qué clase de fiesta empieza a las nueve?

Si Roberta le había enviado a aquella chiflada se iba a enterar. Cenaría con ella y puede que hasta se acostara con ella, y la enviaría de vuelta con el siguiente mensaje:

Pregúntale a qué huele mi champú.

—Claro. ¿Dónde quiere cenar? Uh, perdón. —Wen sonrió.

—Elige tú. Al fin y al cabo soy tu billete a las Galápagos.

En la calle, atado a una farola, el pequeño Earl se aburría. Aquel maldito lugar le deprimía. El perro de tres patas que custodiaba el bar que había junto al portal también le deprimía. Estaba demasiado gordo. Apenas podía moverse. En aquel momento trataba de acallar los ladridos de un horrible perro mimado que no podía esperar a que su dueño saliera del bar. Su dueño era feo y gordo. Tenía un bigote canoso con aspecto de brocha de afeitar. El pequeño Earl se deprimía. El mundo era deprimente.

Como su dueña.

Desde que Wen se había ido, desde que había entrado en aquel sucio portal, el pequeño Earl había estado fantaseando con la idea, potente, maravillosa, de que ella no iba a volver. A su manera, por supuesto. Apenas una pequeña luz al final del túnel. Luz que le permitiría: *a*) dejar de jugar a los muebles por catálogo, y *b*) dejar de deprimirse escuchando sus estupideces.

La luz, por cierto, acababa de apagarse.

Wen había vuelto.

23

Esto no es como ir de compras, Robbie

Roberta Glanton levantó el auricular del teléfono de su despacho y se dijo: Hazlo de una maldita vez, estúpida. Pero ¿qué? ¿Qué se supone que debo hacer? Tenía dos opciones: *a*) podía llamar a aquel tipo y cancelar el encargo, Francis seguiría vivo y se lo contaría todo a Clay Gómez pero con un poco de suerte y un cheque millonario quizá el periodista cerraría el pico, o *b*) podía volver a colgar y dejar que aquel tipo hiciera lo que tenía que hacer, olvidar a Francis, olvidar a Clay y proponerle a su estúpido ex que continuara con el proyecto Woolfin. Pero no quería volver a ver a su ex marido, a menos que estuviera en un ataúd, muerto. Así que, qué demonios, marcó el número del tipo que debía cargarse a Francis. Y esperó.

—¿Sí? —balbuceó aquella voz de crío.

Y Roberta colgó.

—No puedo hacerlo —se dijo.

Y no podía hacerlo porque sabía que aquello la enterraría. Sabía que Francis no tardaría en encapricharse de otra, y ella no tendría nada que hacer. Le habría salvado la vida para que la perdiera con otra. A menos que. Claro. A menos que pudiera llegar a un acuerdo con él. Renunciaría a todo si él accedía a casarse con ella. Él podría contar lo que le viniera en gana, seguir fumando sus Ponds del 83 y seguir apagando la luz de la mesita de noche después de una corta pero intensa sesión de sexo.

Roberta descolgó. Pero sus dedos no llegaron a marcar ningún número.

—No puedo —se dijo.

Si dejaba que Francis contara su secreto, él tendría la sartén por el mango, podría decidir quién se casaba con quién y todo lo demás. Ella lo perdería todo. Todo: su prestigio y su editorial, su colección de zapatos y su Ferrari Testarossa.

—No puedo —se repitió. Y colgó.

Tendría que dejar que aquel tipo hiciera lo que tenía que hacer.

Por mucho que le doliera. A menos que.

Clay.

¡Eso es!

Debía llamar a ese tal Clay y pedirle que cancelara su cita con Francis a cambio de una suculenta suma de dinero.

¡Claro! ¡Podía hacerlo!

Roberta marcó el número de la agencia en la que trabajaba Clay y que nada tenía que ver con el glamour que un supuesto corresponsal del *New York Times* desprendía. Al parecer estaba pasando por un mal momento. La crisis.

Bendita crisis, pensó Roberta Glanton.

Puede que me salve el cuello.

—¿Sí? —respondió una quejosa voz de fumadora.

—¿Puedo hablar con el señor Gómez?

—¿Qué señor Gómez? —Dicho esto, la voz tosió.

—Clay Gómez —dijo Roberta.

—Un momento. —La voz tapó el auricular y preguntó a alguien si había visto al maldito Clay—. No está en su mesa.

—Es urgente.

—¿Y qué quiere que haga? No está en su mesa.

—¿Puedo esperar?

—Un momento. —La voz desapareció y se oyó el tono de otro teléfono.
—¿Sí? —No era Clay, era una chica.
—¿Con quién hablo?
—¿Y yo?
—Roberta Glanton.
—¿Rob...? —La chica se atragantó con su nombre.
—Necesito hablar con Clay Gómez.
—Clay. Sí. Un segundo. —La chica tapó el auricular y gritó: ¡CLAY!—. Está en. Un segundo. Ya vuelve a su mesa.
—Estupendo.
Clay, es Roberta Glanton, ROBERTA GLANTON.
Pásamela.
Luego otra vez el tono del teléfono y esta vez sí, la voz de Clay Gómez. Roberta estaba nerviosa. No dejaba de jugar con una pinza para el pelo verde que había encontrado sobre la mesa. La abría y la cerraba, parecía una planta carnívora.
—¿Dígame?
—¿Señor Gómez? —preguntó Roberta Glanton.
—Hola.
—Soy Roberta Glanton.
—Sí, Liz Garo me dijo que llamaría.
—¿Liz? —Maldita zorra, pensó Roberta—. ¿Y qué más le dijo, señor Gómez?
—¿Puede llamarme a este otro teléfono en dos minutos? —preguntó Clay, para a continuación darle un número de teléfono—. No puedo hablar aquí.
—Claro —dijo Roberta.
Anotó el número, colgó y esperó.
Dos minutos.
Volvió a llamar.
—Mucho mejor —dijo Clay, al descolgar.
Clay había bajado a la calle. Roberta se tomó aquella pre-

tendida intimidad como una victoria. Va a aceptar, se dijo. Aceptará, llamaré a ese tipo diminuto y cancelaré el encargo. Sus labios sabor chocolate se alargaron en una sonrisa triunfal.

—Sé que está pasando por un mal momento. —Ésa era Roberta.

—¿Y quién no? —preguntó el periodista.

—Claro. Pero no todo el mundo tiene mi teléfono.

—¿A qué se refiere?

—Puedo acabar con todos sus problemas de dinero.

—¿Por qué iba a hacerlo?

—Porque me cae usted bien.

—Dudo que me conozca.

—No es un farol, señor Gómez, puedo acabar con todos sus problemas de dinero.

—¿A cambio de qué, señorita Glanton?

—A cambio de que cancele su cita con Francis Dómino.

—¿Por qué?

—Es lo único que le pido.

—Y yo quiero saber por qué.

—No tengo por qué decírselo.

—Entonces no la cancelaré.

Se hizo el silencio al otro lado de la línea. Clay asustó a una paloma.

—Escuche. Salí con Francis Dómino una temporada. Quería ser escritor. Lo único que quería era publicar una novela. Y lo que hace ahora es chantajearme. Amenaza con hundirme si no publico una de sus novelas.

—¿Y qué va a contarme?

—Cualquier cosa. Si usted le cree y lo publica, estaré perdida.

—Pero ¿el qué? ¿Me cree tan estúpido como para tragarme cualquier cosa?

—¿Le ha dicho algo?

—¡No! —mintió Clay.

—Lleguemos a un acuerdo de todas formas.

—No.

—¿No? Oh, vamos, todo el mundo tiene un precio, señor Gómez.

—¿Cuánto está dispuesta a pagar, señorita Glanton?

—Iba a dejar que la cifra la pusiera usted.

—Tentador.

—Puede retirarse. Puede escribir. ¿Quiere escribir un libro, señor Gómez?

Clay se rió.

—Oh, no, así no —dijo.

Roberta imaginó a la pinza carnívora cerrarse en torno al cuello de Clay Gómez. GLAM. Y ya no habría cuello, ni Clay, ni la exclusiva que destrozaría su mundo.

—¿Qué tiene de malo? —preguntó Roberta.

—Escuche. Esto es lo que haremos. Yo hablaré con Francis Dómino y si es verdad lo que dice, no tiene por qué preocuparse. Me refiero a si es verdad lo que me cuenta, eso de que lo único que pretende es hundirla.

—No, esto es lo que haremos, señor Gómez. Yo le ofrezco un cheque en blanco a cambio de que cancele esa cita. Y tiene que darme una respuesta ahora.

—Pues mi respuesta es no, señorita Glanton.

—Creo que no me ha entendido bien.

—La he entendido perfectamente. Pero también entiendo que alguien no ofrece un cheque en blanco a cambio de un farol —dijo Clay y se arrepintió de haberlo dicho. ¿Por qué demonios no había aceptado? ¡Un cheque en blanco! Podría volver a Nueva York y dejar aquella podrida ciudad. Viajar por todo el mundo. Escribir. Y largarse de aquella maldita agencia del demonio. ¿Por qué no había aceptado?

—No sabe lo que dice.

No, no lo sé, pensó Clay, pero dijo, parafraseando a Peter Parker:

—Señorita Glanton, un gran poder conlleva una gran responsabilidad. ¿Sabe quién es Spiderman? ¿Qué hubiera pasado si Spiderman hubiese aceptado su cheque a cambio de tomarse unas vacaciones como superhéroe?

Clay no era un gran amante de los cómics, pero su padre sí.

Su padre era escritor de ciencia ficción.

Tenía que serlo, ¿no?

Y Clay a menudo no sabía qué hacer con todos aquellos conocimientos absurdos en su cabeza.

—¿De qué habla?

—No voy a aceptar su cheque, señorita Glanton.

—¿Qué clase de estúpido haría algo así? —preguntó sinceramente la editora.

—Supongo que yo —dijo Clay.

—¿Es su última palabra? —preguntó la editora.

—Sí —masculló Clay.

—Maldito estúpido —rezongó Roberta.

Y colgó.

La pinza carnívora acababa de cerrarse sobre su dedo índice.

Roberta Glanton se echó a llorar.

Como si en vez de limitarse a chirriar sobre su multimillonaria piel de ex agente, aquellos dientes de plástico pudieran (ÑAM) tragársela entera, empezando (ÑAM) por aquel dedo índice (ÑAM).

24

El musculoso, rubio y recientemente fallecido Capitán América

Con su libreta de cuentas encima del mostrador, abierta por la página en la que apuntó el teléfono de Wen, Marvin Rodríguez, el tipo que odiaba a Marvin Gaye y a su madre, y que solía disfrazarse de Spiderman, trataba de poner en orden sus pensamientos. A decir verdad, en aquel preciso instante se estaba preguntando si debía llamar a Wen.

Joder, mierda, ¿por qué dijiste todas esas cosas?, se riñó.

¿Qué clase de cosas? Cosas como:

Podríamos salvar el mundo.

Oh, no.

Sí, lo había hecho.

Y luego había caminado hasta Colón, había pateado una paloma, había sonreído, había encendido un pitillo y se lo había fumado como si en vez del puto Hank Pym, el Hombre Hormiga solterón, fuera Steve Rogers, el rubio y musculoso Capitán América.

Y ella no le había visto hacerlo porque ya estaba en casa.

Ella sólo le había oído decir estupideces.

—Eh, tú, buenas. —Eduardo acababa de entrar. Aquel tipo nunca tenía suficiente.

—No tengo nada que no tuviera ayer —dijo Marvin.

—Hoy busco el primer número de *Tierra X*.

Marvin dejó el cigarrillo que había estado fumando en el cenicero con forma de calcetín, pasó la página de la libreta de cuentas en la que aparecía el número de Wen, fingiendo que consultaba algo, y dijo:

—Creo que lo tengo.

—Tranqui, lo busco yo —dijo Eduardo, alzando la mano como un jefe indio (JAU) en una película del Oeste.

—Vale —dijo Marvin.

Eduardo se puso a buscar entre el montón de tebeos y Marvin volvió a pensar en Wen, fumando ensimismado, viendo pasar, sin prestarles atención, a tipos con túnicas y turbantes al otro lado del cristal.

—Tío, ¿sabes de qué acabo de darme cuenta?

Ése era Eduardo, por supuesto.

Marvin se preguntó por enésima vez si el Daily Bugle no sería toda la vida social que podía permitirse un tipo del tamaño y la obsesión compulsiva de Eduardo.

—No —dijo Marvin.

—De que hoy, justo hoy, hace quince años que Kurt Cobain —dijo, y poniéndose una mano en forma de pistola en la cabeza, añadió—: PUM.

—¿Hoy?

—¿No fue el 8 de abril?

—Pero ¿ése no fue el día que lo encontraron?

Kurt Cobain había sido un tipo rubio y triste que se había pegado un tiro.

Se había pegado un tiro porque se había convertido en una estrella del rock.

Y todo el mundo le quería.

Y él odiaba a todo el mundo.

Aunque sobre todo se odiaba a sí mismo.

No podía entender qué veía todo el mundo en él.

Así que (BANG) se había volado los sesos.

—No sé, tío. El caso es que no se mató él, lo mató toda esa gente —dijo Eduardo.

Marvin apagó el cigarrillo y dijo:

—Ya.

—No, en serio, tío. Fue un asesinato. Imagínate que odias a todo el mundo y que todo el mundo desayuna en una taza con tu cara. ¿Lo pillas? Tío, a veces pienso que no tiene sentido que los Vengadores salven una y otra vez a la humanidad.

—Ya.

Marvin miró el teléfono, y deseó que fuera un hongo ganimediano de una novela de Philip K. Dick y pudiera leerle la mente.

En aquel momento la mente de Marvin decía:

Suena. Suenasuenasuena.

Por eso dio un salto cuando sonó.

El timbre no era nada del otro mundo. Apenas un susurro eléctrico. Pero lo asustó. Después de todo, podía ser la nueva reencarnación de uno de aquellos hongos ganimedianos.

Marvin descolgó.

—Daily Bugle.

—¡Marvin!

—¿Wen?

—¡Ha funcionado!

—¿Sisisi-sí? —tartamudeó el menudo dependiente, bajando la voz.

—No he tenido que comprar las entradas. Me he inventado una fiesta. Y me, no te lo vas a creer, me ha invitado a cenar.

—¿Ce-ce-ce-nar?

—Le he dicho que es mi candidato a Ed Meyer del año.

—¿Có-cómo?

—Y ahora tú tendrás que seguir al señor Piscis.

—¿Yo-yo?

—Voy a comerme un Happy Meal en el McDonald's de al lado de casa, si quieres, ven. He quedado con él a las nueve. Tenemos tiempo.

—Uh, vale.

Así que le dijo a Eduardo que cerraba, le cobró un par de números de *Tierra X*, se despidieron, apagó las luces y salió a la calle.

La calle olía a pis recalentado. Hacía un calor de mil demonios. Pero sólo a ratos. El resto del tiempo llovía. Llovía y luego salía el sol, y hacía un calor de mil demonios. Como en pleno agosto. Marvin llevaba tres días sin ducharse y apestaba.

Debería ducharme, pensó.

Demasiado tarde, pensó luego.

Y lo siguiente que hizo fue pedir un menú Big Mac y observar a Wen jugar con el muñeco que acababa de tocarle en su Happy Meal.

El Happy Meal es la comida infantil de McDonald's. McDonald's es la cadena de hamburgueserías norteamericana que dirige Ronald McDonald, un payaso vestido de amarillo, o un tipo por el estilo.

—Acabo de llamarlo. Le he dicho dónde estará pero no que yo estaré con él —dijo Wen, dejando a un lado el muñeco, uno de aquellos extraterrestres malos de la película que habían visto la noche anterior, y vertiendo un sobre de kétchup sobre las patatas.

—¿A quién?

—Al señor Piscis.

—¿Quién?

—Mi cliente.

—Ya, sí —dijo Marvin, tratando de que su enorme hamburguesa llegara entera a la boca y no se descompusiera a mitad de camino—. ¿Y qué dices que tengo que hacer yo?

—Tienes que seguir al señor Piscis.

Marvin se atragantó con un pedazo de lechuga.

—¿Seguirlo?

—Ya. Yo tampoco lo entiendo. ¿Para qué quiere saber dónde estará Ed si luego no va a ir? Es un poco raro.

—¿Ir adónde?

—Yo estaré con él.

Marvin no entendía nada. Fruncía sus diminutas cejas y trataba de recomponer la descompuesta hamburguesa. Tenía las manos pringosas. Empezaba a cansarse. Estaba a punto de desistir y empezar a comérsela por partes. Putos americanos, pensó, mirando la Big Mac como se mira a un niño que se ha portado mal.

—Por eso tienes que seguirle.

—¿Y tú? —preguntó Marvin.

—Ya te lo he dicho —dijo Wen, en alemán.

—¿Cómo?

—Oh, perdón. —Wen bebió un sorbo de Coca-Cola y le dio el primer bocado a su pequeña hamburguesa de menú infantil, mucho más manejable—. ¿No te acuerdas? Te lo conté ayer. Mi cliente quería que supiera dónde iba a estar ese señor hoy.

—El señor Piscis —dijo Marvin.

—El señor Piscis es mi cliente. El otro señor se llama Francis. Pero yo lo llamo Ed porque se parece a Ed Meyer. —Y dicho esto Wen pensó en el beso y se tocó los labios y añadió—: Me dio un beso.

—¿Quién?

—Ed Meyer.

—¿Ed Meyer? —Marvin sonrió, entre los dientes tenía pedazos de tomate.

—Pero da igual. El caso es que ya sé dónde estará de nueve a doce. Tú me dijiste que podía regalarle entradas para un concierto. Pero se me ocurrió algo mejor.

—Ah, ya, eso. —Marvin recordaba lo de las entradas. Lo había dicho justo antes de decir aquella estupidez sobre salvar el mundo.

Wen le contó lo que se le había ocurrido. Marvin pensó que estaba chiflada.

¿Un concurso para fans de Súper Chica? ¡JA! ¡Ni siquiera Spiderman tenía algo por el estilo! ¿Quién iba a tragarse algo así?

Mierda, joder, pensó.

Lo que quiere es tirársela, pensó luego.

—Por eso necesito que sigas tú al señor Piscis. Será fácil. Yo lo hacía de pequeña. Y con gente que no sabía que la estaba siguiendo, que es más difícil.

—¿Cómo? ¿Es que él lo sabe?

—¡Claro! ¡Para eso te ha contratado!

—¿A mí?

—Bueno, al señor Kramer. Dijiste que serías el señor Kramer.

Marvin arqueó sus diminutas cejas.

¿En serio, lo dije?, pensó.

Luego devolvió las cejas a su lugar, dejó lo que le quedaba de hamburguesa (un pedazo de pan y uno de carne seca con mayonesa y restos de kétchup y pepinillo), se limpió la boca con el dorso de la mano y encendió un cigarrillo.

—Porfaporfaporfa, necesito que lo hagas.

—Lo haré, lo haré. —Marvin exhaló el humo de la primera calada.

—¡Gracias! —Wen dio una palmada estúpida y le atizó otro bocado hambriento a su pequeña hamburguesa—. Tienes que estar a las ocho en la cafetería El Capitán Avena Loca y presentarte como el señor Kramer.

—¿Tengo que hablar con él?

—Tienes que decirle que eres el señor William Kramer y tienes que decirle que no se preocupe porque te vas a asegurar de que nadie lo sigue.

—¿Y cómo sabré quién es?

—Es bajito y tiene un lunar en la barbilla. Pero en la cafetería nunca hay nadie.

—Muy bien. —Marvin bebió un largo trago de su cerveza. Pensó: A lo mejor me estoy metiendo en un lío.

Y luego pensó: ¿En serio? ¿No has visto demasiadas películas, Marvin? Apuesto a que no es más que un paranoico.

—Luego tú y yo nos reuniremos en la cervecería Goya III.

—Vale —dijo Marvin, sin escuchar lo que había dicho. Estaba imaginándose cómo sería tenderle la mano a alguien y decirle: Soy Kramer, William Kramer.

Detective.

Guau.

Apuró su vaso de cerveza y lo estrujó, sintiéndose de nuevo como el musculoso, rubio y recientemente fallecido Capitán América.

25

Conociendo a Míster Woolfin

Las dos guías turísticas que se habían escrito sobre Barcelona antes de las Olimpiadas y que habían sido las únicas en incluir a la cafetería El Capitán Avena Loca, editadas en forma de pasatiempo estúpido por la desaparecida Moby Dick, dedicaban tres páginas a la tetería Oso Pony. Clay Gómez las había leído antes de instalarse en su pequeña cueva de la calle Princesa y había decidido convertir ese lugar en su centro de entrevistas personal. Así que todos en la tetería lo conocían.

La dueña, Luisa Cabello, una rechoncha morena adicta, como él, al té de tomillo, incluso soñaba con cazar al atractivo periodista, desposarlo y dormirse escuchando el tecleo de su ordenador. La mujer sabía poco de periodistas, para ella escribir una letra tras otra era trabajo de escritores, y eso era lo que hacía Clay, después de charlar con aquellos otros tipos que tenían menos pinta de escritores que él pero que, sin embargo, lo eran. En resumen, Luisa Cabello creía que Clay Gómez era escritor.

Créeme, pequeño, solía decir Luisa, cuando cumples los cuarenta lo que menos te importa es lo que el mundo piense sobre lo que crees.

—¿Lo de siempre, Clay? —le preguntó aquella tarde.

Clay parecía más nervioso que de costumbre.

Había escrito ya tres páginas, Luisa no sabía de qué, pero imaginaba que era una historia de amor maravillosa.

—Oh, sí, Luisa, gracias —dijo el joven periodista, levantando la vista un segundo de su cuaderno, y esbozando una triste sonrisa.

—¿Espera a uno de sus escritores?

—Ajá. —El chico se sacó un chicle de la boca y lo tiró al cenicero.

—¿Alguien a quien conozca?

—Puede. ¿Ha leído a Vendolin Woolfin?

¡VENDOLIN!, bramó su inconsciente.

—¡VENDOLIN! —repitió su boca.

—¿La conoce? —El chico sonrió de nuevo y Luisa estuvo a punto de derretirse. No podía soportar aquellos hoyuelos. Los encontraba encantadoramente encantadores.

—¡Claro! ¡Es mi escritora favorita! —La mujer tomó asiento junto al joven, dejó la bandeja sobre la mesa y se dispuso a dejarlo boquiabierto con todo lo que sabía sobre la escritora.

—Vaya —dijo Clay, no demasiado sorprendido.

—Pregúnteme lo que quiera. Lo sé todo.

—Ah, ah. Todo menos lo que estoy a punto de descubrir —dijo Clay, que no veía nada malo en jugar al escondite con aquella pobre mujer.

—No. Seguro que lo sé.

—Sabe que Vendolin murió, ¿no? —Clay se estaba haciendo el interesante.

Luisa lo pensó un segundo. Claro. Estaba muerta. Dijo:

—Sí.

—¿Y qué diría si supiera que a lo mejor no?

—¿Que a lo mejor no murió?

—Eso mismo.

—¿Y por qué no?

Clay se rió.

Francis Dómino acababa de entrar en la tetería. Llevaba una cartera de mano con el manuscrito original de *Earl*, el contrato que había firmado con Roberta, redactado por ella misma en una servilleta, una pequeña autobiografía que había improvisado la noche anterior, y un par de ediciones de la biblioteca Woolfin en bolsillo. Nervioso, con la corbata bien anudada, su rebelde cabellera rubia peinada a lo gángster, con demasiada gomina y masticando una sonrisa entre los dientes, Francis Dómino se fijó, una por una, en las tres mesas ocupadas de la tetería. Una lo estaba por una pareja joven, otra por lo que parecían tres universitarias cotilleando y la tercera por un tipo que leía el *New York Times* y una cuarentona en delantal.

¿Sería casualidad que aquel tipo estuviera leyendo el *New York Times*, tal y como habían acordado Francis y Clay en su primera llamada, o es que el periodista se había traído a su madre?

Peor, ¿y si Roberta Glanton había conseguido comprarle?

Francis se aclaró la voz y, con paso decidido, se dirigió a la mesa.

El local, por cierto, era pequeño. Había una alfombra en el suelo y un tapiz indio al otro lado de la barra. El tapiz era muy similar al que colgaba de la pared del despacho de Francis Dómino. La barra era de madera y en uno de los extremos había una cesta de mimbre con magdalenas caseras.

—¿Clay Gómez? —preguntó Francis, cuando alcanzó la mesa.

La cuarentona alzó la cabeza. Clay cerró su libreta y se puso en pie. Le tendió la mano.

—Y usted debe ser Francis Dómino —dijo.

—El mismo —repuso Francis.

La cuarentona se disculpó y se fue. Bueno, después de todo, no era su madre.

—Llega usted puntual —dijo Clay, mirándose el reloj.

—Le contaré un secreto. Hace mucho tiempo fui detective —dijo Francis.

—¿Y son puntuales los detectives? —preguntó el periodista antes de sentarse.

Francis asintió y dijo:

—Mucho.

Luego tomó asiento. Clay le imitó.

—Me gusta esto —dijo Francis, mirando alrededor y, cogiendo con descuido y algo de bruta indiferencia la carta, añadió—: ¿Qué me aconseja tomar?

—El té de tomillo es estupendo —dijo Clay.

—¿Tomillo? —Francis sacó su paquete de Ponds del bolsillo de la americana—. No me gusta el té. Mejor un café. Un café vienés, ¿qué le parece?

Clay sonrió. Aquel tipo era un engreído. Llamó a Luisa.

La mujer apareció con su té de tomillo. Clay le pidió un café vienés para Francis. La mujer le dedicó una larga y cariñosa sonrisa glotona. Luego dijo:

—Enseguida. —Y se fue por donde había venido.

Francis echó un vistazo a su gigantesco trasero y preguntó:

—¿No me diga que tiene un lío con esa señora?

Clay trató de sonreír.

—No. Es sólo que nos conocemos desde hace mucho. —Clay jugueteó con su taza, se aseguró de que el té estuviera impregnando el agua como era debido y, sin levantar la vista, preguntó—: ¿Siempre es usted tan observador?

—Ya se lo he dicho. Antes de ser escritor, fui detective.

—Así que ahora es escritor —dijo Clay, que empezaba a temerse que aquello fuera una encerrona. Se arrellanó en su sillón esperando lo peor y se fijó en la chica con aspecto de mosquita muerta que acababa de entrar por la puerta. No la había visto antes. Miraba a un lado y a otro, como buscando a alguien.

—Sí. Escritor. Eso es lo que soy. Y muy famoso, por cierto.
—No he leído nada suyo.
¿Y si aquello era realmente una encerrona?
—Oh, seguro que sí. Lo que pasa es que no sabía que lo estaba haciendo.
—Ya —dijo Clay nervioso. Al fin y al cabo se había escabullido de su lugar de trabajo para, con toda seguridad, caer en la trampa de un farsante. Vertió el contenido de la pequeña tetera en la taza antes de tiempo—. ¿Y cómo es que no lo sabía?

Luisa regresó con la taza de café de Francis. Miró a Clay de soslayo.

—Le gusta usted —dijo Francis.
—No creo —dijo Clay—. ¿Quiere responder a mi pregunta?
—Puede poner en marcha su grabadora cuando quiera. —Francis vertió dos sobres de azúcar en la taza y encendió un cigarrillo—. ¿Quiere uno?
—No, gracias. —La chica había tomado asiento en la mesa que quedaba justo a la altura del cogote de Francis Dómino. Pelo rizado, gafas, facciones duras, demasiado delgada. Clay se la imaginó trabajando codo con codo con la corpulenta Roberta Glanton.
—Bien, ¿empezamos? —Francis se arrellanó en su sillón y bebió un sorbo de café.
—¿Conoce a la chica que hay justo detrás de usted? —preguntó Clay.
—¿Qué chica? —Francis se dio media vuelta. La chica parecía nerviosa. Agarraba el bolso contra su pecho y no dejaba de mirar a la puerta. Se encontró de frente con la mirada de Francis cuando el detective escritor se giró.
—¿Es una encerrona? —preguntó, paranoico, Clay.
—¿Qué insinúa? —espetó Francis, dándose media vuelta.

—No lo sé. Dígamelo usted.

—Entiendo. —Francis exhaló el humo de su última calada con tranquilidad. Luego esbozó una sonrisa—. Por eso es usted tan bueno.

—¿Me está tomando el pelo?

—Oiga, señor Gómez. Si quiere puedo contarle lo que he venido a contarle, y si no puedo irme por donde he venido y llamar a los del *Post*.

—¿El *Post*?

—El *Washington Post*.

Clay no pudo reprimir la carcajada.

—Pero ¿quién se ha creído usted que es?

—¿Quiere eso decir que empezamos? —Francis seguía sonriendo.

Clay desenfundó su bolígrafo. Puso la grabadora sobre la mesa. La encendió.

—Está bien. Empecemos. Dígame, señor... Dómino, ¿qué ha venido a contarme?

—Apunte. He venido a demostrarle que Vendolin Woolfin sigue viva.

—Estupendo. Me muero por saber cómo va a hacerlo.

—Muy sencillo. Mmm, me encanta este café. —Francis saboreó el último sorbo, se relamió los labios y, al hacerlo, pensó en la chica pelirroja que sabía a fresa—. ¿Sabe que tengo un club de fans?

—No cambie de tema, señor Dómino.

—¿Quién está cambiando de tema?

—Usted. ¿Importa mucho que tenga un club de fans?

—¿Importa que Vendolin Woolfin tenga un club de fans? Yo creo que sí. Porque cuando todo se sepa, me personaré en su sede, si es que la hay, y les daré las gracias por su inestimable labor. Apuesto a que les doy un pequeño disgusto.

—¿A qué se refiere? —Clay le dio un sorbo a su té de tomillo. Aquello empezaba a ponerse interesante. Pero el té todavía no estaba lo suficientemente frío.

—Me refiero a que... —Francis carraspeó, luego se acercó al periodista y le susurró—: Yo soy Vendolin Woolfin.

—¿Usted? —Clay se rió. Vaya, así que eso era todo. Un chiflado—. No se ofenda, señor Dómino, pero es poco probable.

Francis no había esperado aquello.

—¿Por qué? —preguntó, algo molesto.

—Porque Vendolin nació en 1882.

Francis estalló en carcajadas (JOUJOUJOU). Luego dijo:

—Sí, exactamente el mismo día que Virginia Woolf. ¿No le parece sospechoso?

—¿Sospechoso?

—¿Ha hablado con Roberta Glanton?

Clay detuvo su taza a un centímetro de sus labios.

—Sí, señor Dómino —dijo el periodista—. Y empiezo a pensar que tenía razón.

—¿Qué le dijo?

—Me dijo que iba a contarme usted cualquier cosa que pudiera hundirla.

Francis se rió.

JOUJOUJOU.

—¿Qué le hace tanta gracia?

—¿Qué le prometió a cambio de cancelar la cita? —quiso saber Francis.

—¿Por qué debería prometerme algo?

—Conozco a Robbie. Sería capaz de cualquier cosa, incluso de matarme, para que esto no saliera a la luz. Pero ya estoy harto. ¿Sabe qué me prometió a mí? Una isla. Una isla desierta en el Pacífico. Esa mujer es increíble, chico. —Francis acababa de recordar algunas de sus noches más salvajes en la mansión Glanton.

—¿Insinúa que Vendolin Woolfin no existe?

—Yo soy Vendolin Woolfin.

—Pero... ¿y sus biógrafos? ¿Y las ediciones originales? Casi todas sus novelas se editaron por primera vez a principios del siglo XX.

—¿Ha visto alguna vez alguna?

Clay negó con la cabeza.

—Todo es una gran mentira.

—¿Cómo?

Francis le contó la historia.

—Robbie trabajaba como agente. Estaba harta de sus autores. En especial, estaba harta de su ex marido. Ese escritor sordomudo. El caso es que nos pusimos a discutir sobre Virginia Woolf. Robbie había estado releyendo *Flush* y yo le dije que una vez se me había ocurrido una versión rosa de la historia, y que, de hecho, la había escrito. Le diré una cosa, señor Gómez, soy un experto en deformar argumentos. Deme cualquier novela y se la desmontaré.

—¿A qué se refiere?

—La tomo como modelo pero la reconstruyo por completo, en una versión mucho más asequible al público. Llegamos a la conclusión aquella noche de que Virginia se equivocó en las formas. Ni siquiera consiguió el Nobel.

—¿Insinúa que crearon una versión rosa de Virginia Woolf?

—Exacto. Lo que no entiendo es cómo nadie se ha dado cuenta antes.

¿Estaba hablando ese tipo en serio?

—Fue una jugada maestra —prosiguió Francis—. A Robbie le encantó mi parodia de *Flush*. Ahí empezó todo. Escribí durante meses, tomando como modelo las novelas originales. Fue sencillo y muy divertido. Adoro escribir. Y Robbie adora el dinero. Y se hizo de oro. Pasó de ser una triste agente a editora estrella. Había descubierto un clásico. El primer clásico que se vendía como rosquillas. Compró la moribunda Moby Dick y la convirtió en Glanton Ediciones. El resto es historia.

Clay se masajeaba las sienes.

Tenía una bomba.

Por primera vez en mucho tiempo tenía una bomba.

Una noticia así podía hacer estallar el mundo, al menos, el mundo literario.

Pero ¿podía contarlo?

Si lo hacía destruiría los sueños de las millones de lectoras de Vendolin Woolfin.

Les volaría la cabeza (BUM).

—¿Se encuentra bien? —preguntó Francis.

—Sí —dijo el periodista.

La mosquita muerta seguía en la mesa de al lado.

Y, oh, no, Liz Garo acababa de entrar y se estaba dirigiendo hacia su mesa, con la mejor de sus sonrisas y un escotadísimo vestido verde chillón.

—¡CLAY! —gritó la periodista, abriendo los brazos, dispuesta a darle un juguetón abrazo—. ¿Cuánto hace que no nos vemos? ¿Un millón de años?

—Uhm —musitó Francis, viéndola acercarse. Acababa de enamorarse.

Clay se puso en pie, rendido. Apagó la grabadora. Recibió su abrazo.

Luego dijo:

—¿Qué hay?

A Francis le sorprendió su falta de interés. ¿Te da un abrazo una chica así y tú te limitas a decirle (¿QUÉ HAY?)?

¿Qué clase de estúpido haría algo así?

Tal vez no le gustan las chicas, pensó.

—¿Quién es tu amigo? —preguntó Liz.

—Soy, EJEM, Francis Dómino. —El detective se puso en pie y le tendió la mano a la chica—. ¿Y usted es...?

—Liz Garo —dijo ella, complacida. Estrechó aquella mano, fuerte y caliente, y se adelantó para darle dos besos. Así que ésta era tu cita, Clay, el tipo más guapo de la ciudad, ¿de dónde lo has sacado?, se preguntó mentalmente.

—Si no te importa, Liz, el señor Dómino y yo estamos ocupados.

—Oh, claro. Sólo he venido a tomar una copa.

—Puedo tomarla con usted cuando acabemos —se ofreció Francis.

Clay enarcó las cejas. Liz se rió. Estaba coqueteando.

—Dese prisa —dijo.

Francis sonrió. La chica pasó de largo. Se sentó junto a la barra.

—¿Quién es? —quiso saber el detective en cuanto se alejó.

—Una periodista. Amiga de la señorita Glanton.

—Vaya —dijo Francis—. Ahora entiendo por qué nunca me presentó a sus amigas.

—Escuche, señor Dómino, usted sabe que si cuento lo que me ha dicho, el mito Woolfin pasará a ser un chiste de mal gusto. ¿Es consciente de que puede hundirse con él?

—¿A qué se refiere?

—Todas sus fans van a sentirse engañadas.

—Pero ¡tendrán la verdad! ¡Por primera vez! ¡La verdad!

—¿Y si ellas quisieran vivir en la mentira?

—¿Por qué iban a querer algo así?

—¿No ha pensado ni por un segundo que para usted sería mucho más fácil seguir haciendo lo que hace desde el anonimato?

—¿Intenta convencerme?

—No. Sólo estoy pensando en ello. Todo esto me supera.

—Pero ¡usted es el mejor! ¡Va a convertirme en una estrella!

Clay se rió, sin ganas.

—¿Qué clase de estrella?

—¡UNA GRAN ESTRELLA! —gritó Francis.

La mosquita muerta no les quitaba ojo de encima.

—Shhh, baje la voz. Nos está mirando.

—¿Quién?

—La chica.

Francis estaba mirando a Liz.

—No me refería a esa chica. Pero tenga cuidado con ella de todas formas.

—¿Cree que no sé a lo que me enfrento? Escuche, después de ser detective fui una especie de —y en este punto, Francis bajó la voz— gigoló.

—Es usted una caja de sorpresas. —Clay anotó algo en su libreta.

Francis sonrió. Se bebió el resto del café y le preguntó si podía retirarse.

—Su amiga me está volviendo loco.

—No es mi amiga, es amiga de Roberta.

—Oh, sí. Lo olvidaba. Pero Robbie ya no es mi amiga. ¿Sabe una cosa? Estuve a punto de casarme con ella. Si me hubiera dejado contar todo esto, me habría casado con ella. Es una buena chica.

—¿Y no le importa hundirla?

—Yo sólo le estaba pidiendo reconocimiento. Nada más. Reconocimiento. ¿Diría que es mucho pedir? ¿Cómo se sentiría usted si supiera que la mujer con la que podría llegar a casarse se está dedicando a exprimirle? Porque lo único que hacía era exprimir mi talento. Así que si esto la hunde supongo que le estará bien empleado.

—Entonces quiere que lo publique.

—Por supuesto. Y cuanto antes mejor. No sé en qué está pensando Robbie pero no me gusta. Me ha amenazado, ¿sabe?—El detective apagó la colilla en el cenicero—. Está desesperada. Podría hacer cualquier cosa.

—¿Cualquier cosa?

—Me dijo que si esto iba en serio podía darme por muerto.

—¿Por muerto? —Clay Gómez, el corresponsal del *New York Times*, pensó en la conversación que había mantenido aquella mañana con Roberta Glanton. Y se preguntó si, después de todo, aquello no sería un farol. Aunque, si lo era, ¿por qué Roberta había tratado de evitar el encuentro?

—No lo dice en serio. Es una buena chica.

Pese a todo, los dos hombres se miraron tratando de convencerse. La idea no era tan descabellada. Sólo había que pensarlo un poco. Si aquel tipo decía la verdad estaba poniendo en jaque su vida, y Roberta Glanton era una de las personas más poderosas del país. Podía contratar a alguien y deshacerse de él. ¿Y quién iba a relacionarla con aquel perdedor? Pues tú mismo, querido Clay, reflexionó el periodista.

Mierda, pensó. Demasiado tarde.

La mosquita muerta estaba pidiendo la cuenta.

—Le voy a dejar este maletín para que eche un vistazo a lo que hay dentro —dijo el detective escritor.

—Está (GLUB) bien. —Clay empezaba a encontrarse mal.

—Está todo aquí dentro —insistió Francis.

Clay miró el maletín asustado, como si fuera un perro rabioso y estuviera a punto de saltarle encima y seccionarle la yugular.

—Puede publicar el manuscrito, el contrato, mi pequeña biografía. Lo que quiera. —Francis se sacó el paquete de tabaco de la americana, sin perder de vista a Liz—. Dios, me encanta esa mujer, ¿cómo ha dicho que se llama?

—Liz —dijo Clay, temblando.

—¿Qué clase de nombre es ése?

—En realidad se llama Isabel.

—Mmm. Isabel. Me gusta. —Francis se puso en pie, le tendió la mano sin mirarlo—. Lo tiene todo, ¿verdad?

—Su-supongo —dijo Clay, todavía temblando y estrechando la mano del detective desde su sillón—. ¿No tiene miedo?

—JA. ¿Miedo, dice? ¿Por qué iba a tener miedo? ¡Soy un superhéroe! ¡Clay! ¿Ha oído hablar de Ed Meyer? Entre usted y yo, creo que Roberta me prepara una encerrona. Ha sido muy original. Envió a una chiflada a mi despacho.

—¿U-una chiflada?

—Pero no se preocupe. Su amiga me mantendrá a salvo —dijo Francis, y le guiñó un ojo a Liz—. Si le pica la curiosidad, estaré en El Invencible.

—Oh, bien —dijo Clay, y se bebió de un trago lo que quedaba de té.

Estupendo, pensó, mientras veía alejarse hacia la barra a aquel engreído.

Si ese tipo no miente, tengo la mayor bomba de la historia. Una bomba atómica. Y no sé qué hacer con ella. Quizá debería dejarla aquí y esperar a que estallara por sí sola. Regalársela a Liz. O al *Washington Post*.

¿Por qué no?

Clay no quería cargarse el imperio Glanton.

Ni siquiera quería pensar en hacerlo por si había cerca alguien capaz de leerle la mente, llamar a Roberta Glanton y hacer que lo liquidaran antes de que pudiera escribir una sola línea. Así que esto es lo que vamos a hacer, se dijo.

Vamos a ir a esa encerrona.

Y vamos a comprobar si ese tipo dice la verdad.

La mosquita muerta acababa de pedir la cuenta.

Apuesto a que es una de ellos, se dijo Clay. Y ahora sabe que lo sé y a lo mejor yo también tengo los días contados.

La risa de Liz llegó a sus oídos como lo haría la de un demonio de mentira en una macabra atracción de feria.

26

El perrito que reía

Piscis Deprimida era sólo un nombre que Rex Nogueiros había leído en el consultorio sexual de una revista para adolescentes. Rex Nogueiros siempre había sido bajito pero no siempre había sido sicario. Hubo una época en que Rex Nogueiros, el tipo al que Wen llamaba señor Piscis, era famoso. Rex Nogueiros no había escrito libros, ni había protagonizado películas de gángsters, pero había salido en televisión. Siendo un crío, el señor Piscis, en realidad, Rex Nogueiros, hijo de un gallego y una andaluza afincados en Barcelona, había protagonizado la campaña de marketing de una conocida marca de leche, lo que suponía salir en televisión en una época en la que el televidente no tenía la oferta de hoy sino un único canal, lo cual aseguraba a cualquiera que se colara en la caja tonta una fama instantánea. Pero no sólo eso. También suponía verse cada mañana en el cartón de leche. Porque el 47 por ciento de las familias españolas en los años setenta desayunaba con la cara de Rex Nogueiros niño.

Y eso suponía millones de personas.

Si algo así no te mata, te convierte en un callo asocial del tamaño de una persona.

Y en eso era en lo que se había convertido Rex Nogueiros. En un callo asocial que bebía batidos de fresa y tenía un pie en el hampa local gracias a un compañero de trabajo apellidado Perenchio.

—¿Vas a hacerlo esta noche? —Era precisamente Perenchio quien preguntaba. Se estaba comiendo un bocadillo de mortadela en el cuartucho de descanso del matadero.

Sí, Rex Nogueiros se ganaba la vida matando. Sólo que, hasta aquella noche, se había limitado a matar vacas. La vida a veces podía ser así de absurda.

—Ajá —dijo Rex.

—¿Y ya sabes cómo?

Rex no le había hablado a nadie del detective Kramer. Se suponía que la mafia no funcionaba con detectives.

Pero Rex no sabía cómo funcionaba la mafia. Y tampoco se fiaba de Perenchio y su supuesta Familia. Por eso había contratado a Kramer.

¿Y si no es más que una encerrona?

Pero ¿por qué iba a serlo?

¿Y qué iba a hacer cuando se cargara a ese tal Francis?

¿Iba a darse media vuelta y meterle una bala entre las cejas al detective Kramer?

No tenía mucho sentido.

Dos asesinatos en lugar de uno.

Y luego estaba aquella secretaria.

—Ya sabes cómo —respondió Rex.

Se estaba refiriendo a la pistola que le había pasado él mismo y que, según había dicho, estaba *limpia*. Eso quería decir que la policía no la tenía controlada, y que no podía relacionarla con nadie.

—No me refería a eso.

—Ya. Bueno. Sé dónde estará.

—Claro —dijo Perenchio, mirándolo directamente a los ojos.

La nariz de Perenchio parecía una aleta de tiburón, afilada

como un cuchillo. Era moreno, incluso de piel, y se recogía su larga melena con una cola de caballo. Era fuerte y se afeitaba dos veces al día.

—¿Por qué crees que querrá cargárselo? —preguntó Perenchio, dando un bocado a su bocadillo de mortadela.

Rex no estaba comiendo nada, sólo se masajeaba las sienes. Le dolía la cabeza.

—¿Importa?

—Joder, ¿siempre has sido tan frío, colega?

Esta vez fue Rex quien lo miró directamente a los ojos. No dijo nada.

—¿No tienes curiosidad?

—No.

—Joder. Pues yo sí.

Rex Nogueiros estaba casado con una mujer llamada Erlinda Lago.

Sí, Erlin.

Y llevaba meses haciendo pequeños favores a la Familia Perenchio. Al principio había sido poco más que un juego que incluía maniobras de distracción a conductores de camiones repletos de muñecos, cremas faciales, zapatillas y estupideces por el estilo, que acababan en comisaría rellenando denuncias y deseando volver a toparse con aquel enano para (PAM) hacerlo (PAM) pedazos. Pero luego habían detenido a la mitad de los Perenchio celebrando una jugosa recalificación de terrenos en un club de alterne, con pruebas del delito en los bolsillos, y la Familia le había pedido a Charlie, como era conocido el menor de los Perenchio Flores, llamado en realidad Juan Carlos, si sabía de alguien que pudiera ocuparse del perrito que reía.

Así llamaban los Perenchio a cargarse a alguien.

El perrito que reía.

Lo habían sacado de un libro de John Fante.

Rex lo había leído pero no había entendido nada.

El protagonista, Arturo Bandini, era un escritor malísimo que creía que el mundo suspiraba por leerlo, cuando en realidad se las apañaba perfectamente sin él. Pero el tipo se pasaba el día deseando ser alguien, en el sentido en que lo había sido el propio Rex, y presumía de haber publicado un relato estúpido en una revista estúpida.

El relato se llamaba *El perrito que reía*.

Pero no tenía nada que ver con matar a nadie.

Y ahora Rex tenía que ocuparse del perrito que reía. Y luego tenía que sentarse a hablar con su mujer sobre su moribunda vida sexual. Rex no había encontrado el nombre de Piscis Deprimida de casualidad en aquel consultorio sexual, lo había hecho mientras buscaba consejo.

Sí, en una revista para adolescentes.

Triste.

Tanto como lo estaba en aquel momento su mujer, Erlinda Lago, la única fan de Vendolin Woolfin que había abierto una librería a su nombre.

Acababa de toparse con la pistola *limpia* que su marido guardaba en el cajón con llave de su escritorio, donde también guardaba, por cierto, su diario, que era lo que Erlin buscaba cuando se topó con la pistola.

Y la voz de Vendolin Woolfin en su cabeza dijo:

—Lo sabe.

A lo que ella replicó:

—¿Lo de anoche?

—Ajá.

—¿Y?

—¿Cómo que y? Que se lo va a cargar.

—¿A Don?

—No, al Hombre Elefante.

—¿Por qué?

—¿Tú qué crees?

Erlin recordó su legendaria noche de pasión con el psiquiatra y las comisuras de sus labios se contrajeron en una mueca refleja de placer. Luego dudaron un instante y se alargaron en un mohín terrorífico.

—¡Don! —bramó, suplicante, Erlin, como si ya hubiera perdido a su amado.

El psiquiatra, sí, dijeron Vendolin y su labio leporino en su cabeza.

—¡No puede hacerlo!

Claro que puede. No es tan estúpido.

—¡OH! —Erlin parecía de repente sacada de una película de Alfred Hitchcock.

Alfred Hitchcock era un tipo enorme que leía novelas de misterio bastante malas y luego las convertía en obras maestras del celuloide.

Estaba obsesionado con las rubias.

Así que Erlin no podría haber protagonizado una de sus películas.

Pero en aquel momento parecía que lo estuviera haciendo. Horrorizada, la librera se sujetaba la cara con ambas manos y miraba la pistola como si pudiera sonreírle y decir algo parecido a: Tú te lo buscaste, pequeña.

—Recoge tus cosas, nos vamos —dijo Vendolin.

—¿Cómo?

—Ya me has oído.

Erlin se enjugó una lágrima y cerró el cajón, acompañando con la vista el gatillo de la pistola hasta que (BLAM) desapareció.

27

Roberta Glanton es un supervillano

Era la primera vez en nueve años que se fumaba un Sunrise. Chupó con fuerza, se llenó los pulmones de humo, sintiendo el papel arrugado entre sus dedos y aquel olor, UHM, a café, café americano, al perfume de su madre y al viejo sillón en el que aprendió a leer. Clay, con la oreja pegada al teléfono, fingiendo escuchar y oyendo únicamente el tono del teléfono (BAP-BAP), fumaba frente a un teletipo inacabado, tratando de olvidar lo que tenía bajo la mesa. Le dio un puntapié sin querer y cerró los ojos, esperando a que la explosión lo devorara. Tampoco es para tanto, estúpido, se dijo luego. Sólo es un maletín.

Ya, un maletín.

Un maletín con una exclusiva del tamaño del Empire State Building.

El Empire State Building fue en su día el rascacielos más alto del mundo.

Está en Nueva York. Nueva York.

Clay Gómez pensó en su madre y dio otra larga calada a su cigarrillo.

—Eh. Tú —dijo el redactor jefe a sus espaldas—. Aquí no se fuma.

Clay colgó sin despedirse del tono de marcado y dijo:

—Lo siento. Tienes razón. No sé en qué estaba pensando.

El redactor jefe, un tipo atlético y aburrido, se limpió el sudor de la frente con el dorso de la mano y, como dándose cuenta de algo, frunció el ceño.

—¿Con quién hablabas?

—Oh. Ya había acabado.

—¿Una entrevista?

Clay asintió. Estrelló el cigarrillo contra la suela de su zapato y lo restregó hasta que se hubo apagado. Luego lo tiró a la papelera.

El redactor jefe se fue por donde había venido.

Todo lo que hacía aquel tipo era dar vueltas por la agencia y leer periódicos.

Aquel tipo tenía un buen trabajo.

Un trabajo estúpido. El tipo de trabajo por el que cualquiera mataría.

Pero no Clay Gómez.

Un gran poder conlleva una gran responsabilidad, dijo Peter Parker en su cabeza.

—Podría llamar ahora mismo a Roberta Glanton y pedirle una isla desierta y me la concedería. Como el genio de la lámpara —le dijo Clay a Parker.

Roberta Glanton es una supervillana, estúpido, dijo Parker.

—¿Y?

¿Qué pasaría si yo pactara con un supervillano?

—Bah, a la mierda Parker —dijo Clay.

—¿Pasa algo? —preguntó Darin.

—Nada —dijo Clay.

—No sabía que fumaras —dijo la chica, señalando el paquete de Sunrise.

—Yo tampoco. —Clay sonrió.

—Si quieres te aviso cuando baje.

Clay enarcó las cejas.

—A fumar —aclaró la chica.

Darin no era exactamente bonita, tenía la nariz ligeramente torcida y un flequillo horrible, las cejas demasiado tupidas y una ligera sombra de bigote, pero también tenía la mirada más valiente, a ratos puñetazo, a ratos seductora omnipotencia, que Clay había visto en su vida. Era una chica fuerte como las chicas que gustaban a los tipos como Clay en todas las películas que Clay había visto.

—Claro —dijo el periodista.

Darin volvió a su mesa y Clay trató de terminar el teletipo deseando un Sunrise, mientras su pie golpeaba el maletín de Francis Dómino.

Y a todo esto, ¿qué hacía en aquel momento Francis Dómino?

Pues acariciar el hombro desnudo de Liz Garo en la pequeña habitación contigua a su despacho.

—No lo entiendo —acababa de decir Liz.

—¿Qué hay que entender?

—¿Por qué iba Roberta a enviarte una chiflada?

—Ya te lo he dicho.

—¿Es que ahora Clay Gómez se dedica a los chismes?

—¿No lo ha hecho siempre?

—No lo entiendo —insistió Liz.

Francis se encogió de hombros.

No sabía hasta qué punto Liz era amiga de Roberta pero estaba claro que no eran las mejores amigas del mundo si no le había contado nada acerca del fraude Woolfin.

Y él tampoco pensaba hacerlo.

Se había limitado a decirle que Clay quería conocer secretos de Roberta.

El tipo de secretos que alguien que se acostaba con ella podía proporcionarle.

—Es una de las mujeres más ricas del mundo —dijo Francis—. El *New York Times* quiere trapos sucios.

—No es su estilo.

—Por Dios santo, sólo es un reportaje.

—No puedo creerme que no haya intentado comprarte.

—Lo ha hecho. Pero yo tengo mis principios.

—¿QUÉ? —Liz se incorporó sobre su pecho, mirándole directamente a los ojos—. ¿Me estás diciendo que te ha ofrecido dinero y le has dicho que no?

—Exacto.

—¡Oh, Dios! —Liz se dejó caer en la almohada, a su lado.

—¿Qué?

—¿Por qué nadie me ofrece dinero a mí? —preguntó, alargando la mano en busca del paquete de Ponds—. No te rías. Lo digo en serio. Acéptalo, yo me lo quedaré.

—Si lo acepto no se publicará el reportaje. —Francis sonreía.

—¿A quién coño le importa el reportaje?

—A mí me importa.

Liz se mordió una uña. Luego encendió un cigarrillo. Se sentó en la cama, con la espalda apoyada en la pared.

—Sigo sin entender lo de esa chiflada de los superhéroes.

—Puede que quiera desacreditarme. Tal vez haya contratado un detective.

—¿Un detective? ¿Para qué?

—Trapos sucios.

—Oh, vamos. No me hagas reír. ¿Trapos sucios de Don Nadie?

—¿A quién llamas Don Nadie? —Francis rió.

—¡Eh! ¿Qué haces? —Francis devolvió a Liz al colchón. Le quitó el cigarrillo. Y ambos dejaron que se consumiera en el cenicero de la mesita mientras se daban un nuevo revolcón. Luego, cuando Liz empezó a vestirse, él volvió a la carga con aquel asunto de la chiflada.

—¿Querrás venir conmigo? —preguntó.
—No me gustan los chiflados.
—Oh, vamos, será divertido.
—¿Crees que puedo ir así vestida a un lugar que se llama Goya III?
—No me refiero a la cena, me refiero a la fiesta.
—¿La fiesta de disfraces?
Francis se rió. Le gustaba aquella mujer.
—¿Es que te da miedo ir solo?
—Más o menos.
—Creí que eras un superhéroe.
—Oh, no. Sólo soy el novio de una.
Liz se estaba retocando los labios frente al espejo del lavabo. Francis podía verla desde la cama. La habitación era francamente pequeña.
—Iré —dijo la periodista y, mirando al detective escritor desde el espejo, añadió—: Pero sólo si prometes llevarme a casa volando.
Francis se rió.
—No te prometo nada —dijo.
Lo cierto es que no volvieron a verse.

28

Destino Plutón

La concepción de la pequeña Wen tuvo lugar en el transcurso de un polvo de seis minutos ante el televisor, durante los cuales un Ron con gafas graduadas, que Marion había tomado prestadas de casa de sus padres, estuvo mirando la cara borrosa del presentador de *Destino Plutón*, mientras su mujer trataba de imaginarse que se lo hacía con Clark Kent. Incluso le cosió una brillante capa roja para la ocasión. Pero la cosa no funcionó y, tres días después, Marion Kramer metió todas sus cosas en una maleta y se largó.

Regresó al día siguiente, después de haberse tirado a un camarero con aspecto de escritor con el que fantaseaba desde hacía meses, hecho que seguía haciéndole dudar de la paternidad de Ron aún hoy pero que en aquel momento le había traído sin cuidado.

Marion Kramer había seguido tirándose a aquel camarero hasta que el peso de la barriga se le hizo insoportable.

Así de sencillo.

Ron no se había enterado de nada.

Y ahora Marion amenazaba otra vez con largarse.

Pues que se largara.

Ron estaba harto.

—Esta noche vendré con Ed Meyer —dijo Wen.

Ron sirvió un poco más de leche en la taza de su hija. Wen estaba sentada en uno de los taburetes del Goya III, la cervecería de tío Lorenzo.

—¿Con quién? —preguntó el hombre.

—Ed Meyer —dijo Wen, y a Ron le pareció que hablaba en alemán.

Se limitó a asentir.

—¿Te pasa algo, papá?

Ron entrevió aquel estúpido traje de superhéroe bajo la camiseta de su hija, y se maldijo por enésima vez por no haberla apartado antes de aquella chiflada.

El hombre se señaló el pecho y luego señaló el jersey de la chica, y Wen dijo:

—Oh, sí. He vuelto a ponerme el traje.

—Cariño —dijo Ron—. ¿No crees que eres un poco mayor para eso?

Ron estaba francamente harto.

Harto de su mujer y de los superhéroes.

Wen arrugó su pelirrojo entrecejo.

—¿Mayor? —preguntó—. Los superhéroes no envejecen.

—Ya, cariño —dijo Ron—. Pero tú no eres una superhéroe.

Wen lo miró con desconfianza. Luego bajó la vista. Se llevó la taza a los labios. Bebió un poco de leche.

—¿Qué te pasa con mamá? —preguntó.

—Nada.

—Me ha dicho que se va a ir de casa —dijo Wen.

¡Maldita sea!

Ron pataleó, como un niño de seis años que se ha quedado sin sobre de cromos.

—Zorra estúpida —dijo luego, en su propio alemán, ordenando vasos bajo la barra.

—¡Papá!

—Estoy harto de tu madre, cariño.

—¿Qué te ha hecho?

¿Acaso no lo ves? ¿No me ves llevar esas gafas sin cristales? ¿No la ves coser esos zapatos amarillos por todas partes? ¿Acaso no lo ves?

Eso era lo que estaba pensando Ron, pero lo que dijo fue:

—No me ha hecho nada, cariño, soy yo, estoy cansado.

Wen suspiró. Alargó una mano sobre la barra en dirección a su padre. El hombre se la estrechó y sonrió.

—A lo mejor se te pasa —dijo Wen—. ¿Quieres que hable con ella?

¿De qué? ¿De capas rojas, tíos que escupen telarañas, surfistas plateados? ¿O de su maldito masaje de los miércoles?

A todo esto, en aquel preciso instante, Marion Kramer estaba tirándose a Dan, su masaje de los miércoles, un chaval de diecinueve años cuyo uniforme de trabajo era una toalla blanca y un condón sabor chocolate.

—Haz lo que quieras —le dijo Ron a su hija.

Wen asintió, despreocupada, y bebió otro trago de leche.

—¿Sabes qué? —preguntó—. He montado una noche Woolfin.

—Estupendo, cariño. —Por supuesto, Ron no la estaba escuchando.

Ron estaba fregando vasos mecánicamente mientras acababa de hacerse a la idea de lo maravillosa que podía ser una vida sin Marion.

—He llamado a las chicas del club de lectura y les he dicho que hay una fiesta dedicada a Vendolin Woolfin esta noche. Era lo único que podía hacer. Se supone que tiene que haber una fiesta —explicó Wen.

—Claro, cariño —dijo Ron.

Eran las siete menos cuarto y llovía. El Goya III estaba vacío, a excepción de un habitual que charlaba con el tío Lorenzo junto a la tragaperras, y una pareja de turistas que creía que el olor a aceite refrito era algo típico de aquel lugar. Tito, el otro camarero, se preparaba un carajillo de anís en el extremo opuesto de la barra, bajo unas amarillentas fotos de platos combinados.

BRRRRU-BRRRRU.

El gigantesco teléfono de Wen vibró sobre la barra. La chica se bajó del taburete con un:

—Oh, es Marvin.

Y se alejó hacia la puerta. Descolgó.

—¿Marvin?

—Eeeh, hola.

—Iba a llamarte ahora.

—Ah. Oh, bueno...

—¿Estás listo?

¿Listo?

Marvin se miró la uña negra del índice de su mano izquierda.

No parecía la uña de un detective.

—Creo que sí —dijo.

—Bien. Recuerda, a las ocho en El Capitán Avena Loca.

—Wen.

—Eres el señor Kramer.

—Escucha.

—Yo lo tengo todo listo.

—Escucha, Wen, ¿qué pasa si no puedo?

—¿Cómo?

Marvin había estado dudando de la conveniencia de hacerse pasar por el señor Kramer. Quizá no hubiese sido una buena idea. ¿Y si, después de todo, ese tipo era peligroso? Marvin no era lector de novela negra pero sabía que muchos detectives habían acabado (PUM) fritos.

—He estado pensando en ello y no creo que sea buena idea.

—¿Por qué?

—No soy detective —dijo Marvin y se abstuvo de añadir: Y tú tampoco.

—Pero ¡sólo tienes que seguirle!

Dile que te prometa que se acostará contigo si lo haces, dijo la voz de Marvin Gaye en su cabeza. Dile que si no, no hay trato.

¡El puto Marvin Gaye!

—Creo que no puedo hacerlo —dijo Marvin.

—Pero ¡te necesito! —dijo Wen.

—Ya. Bueno. Escucha. Podemos vernos luego.

—¡Nooooo! —suplicó Wen, como una niña de tres años.

Ron, el padre, la miró y recordó aquel insípido polvo en el sofá.

Recordó al presentador de *Destino Plutón*.

Luego se dio media vuelta y se sirvió una copa de brandy.

Se la bebió de un trago.

Y se sirvió otra.

Destino Plutón, por cierto, había sido un concurso horrible presentado por un tipo que se creía muy gracioso. Los concursantes eran críos de trece años a los que subían a unas naves de cartón piedra y que debían responder a preguntas relacionadas con la ciencia ficción. Pretendía exprimir el éxito de la primera entrega de *La Guerra de las Galaxias* cuando lo único que exprimía era el cerebro de los televidentes.

29

El canguro boxeador

Olivia Doradito sólo había escuchado dos conversaciones en su vida, dos entrevistas a su actriz favorita, Glenda Louise, fallecida en extrañas circunstancias tres días después de la muerte de la propia Olivia. Mejor dicho, de su asesinato.

Olivia Doradito había sido una pesadilla para sus conocidos hasta que (TACHÁN) un tal Gregorio Manchon la había quitado de en medio.

Gregorio Manchon era un tipo mofletudo, de sonrisa generosa y barbilla prominente. Tenía una hija llamada Ernesta y una cafetería, El Capitán Avena Loca. Gregorio Manchon había sido un buen hombre hasta que aquella chica lo había sacado de sus casillas y (BYE BYE) la había hecho pedazos en el cuarto de baño.

Una mala tarde la tiene cualquiera.

Y cuando eso ocurre, el tal cualquiera acaba en prisión.

Marvin no era más que un crío en 1987, cuando Gregorio Manchon hizo pedazos a aquella chica, pero la otra noche, cuando fue a buscar a Wen, cayó en la cuenta de que aquel lugar le sonaba de algo. En casa, interrogó a su padre al respecto y su padre le recordó lo que allí había pasado. Y ahora Marvin tenía una mano en el tirador de la cafetería y divisaba en su interior, al otro lado de las letras gigantes (DESAYUNOS Y MEriendas) que ocupaban la cristalera, al tipo del lunar en la barbilla.

Marvin empujó la puerta y entró.

Tenía la boca seca.

Y un canguro boxeador en el estómago.

Se había puesto su única americana y sus Nike Air negras. Eran lo más parecido a unos zapatos que tenía. También llevaba camisa, una camisa blanca con los puños amarillentos, y unos pantalones grises que había tomado prestados del armario de su padre. Le quedaban un poco cortos, pero los calcetines eran negros y lo disimulaban. Y sí, se había duchado, se había afeitado, y el pelo, su pelo grasiento y repugnante, había dejado de oler a queso rancio.

Algo tintineó sobre la puerta cuando entró en la cafetería. La chica de la barra, Nes, Ernesta, La Gorda, hija de Gregorio Manchon, el tipo que seguía existiendo aunque no estuviera, levantó la vista y sonrió.

—Buenas —dijo la chica.

—Hola —dijo él en un susurro, quebrándosele la voz, muerto de miedo.

El tipo del lunar en la barbilla también alzó la vista.

Bien, tío, hasta aquí hemos llegado, ahora daremos media vuelta y nos iremos por donde hemos venido, dijo la voz de Marvin Gaye en su cabeza.

A menos que quieras acabar como acabé yo, añadió.

A Marvin Gaye le pegó un tiro su propio padre.

Bah, pensó Marvin.

El tipo del lunar en la barbilla lo estaba mirando de arriba abajo.

Se detuvo más de la cuenta en sus Nike Air y volvió a lo que había estado haciendo, que era trastear un teléfono móvil color ciruela.

Marvin se acodó en la barra y pidió una cerveza.

Falsa alarma, pensó Rex Nogueiros, que por un momento había llegado a creer que aquel tipo desgarbado podía ser el señor Kramer.

Tenía aspecto de alemán, aunque no era rubio.

Rex apretó un botón, se puso el teléfono en la oreja y esperó a que su mujer descolgara. Un tono, dos tonos, tres.

—Librería Woolfin —dijo Erlin.

—Hola —dijo Rex.

—Rex —dijo Erlin.

—Sí. —Rex respiraba con dificultad, su entrecortado aliento se estrellaba contra el teléfono como lo haría el de una jadeante vaca sagrada.

—¿Dónde estás?

—No puedo decírtelo —dijo Rex.

Y Erlin estuvo a punto de dejar caer el teléfono.

Ahora va a decirme que ha matado a Don, pensó.

—¿Por qué? —preguntó, muerta de miedo.

—Voy a... —Rex tosió, la boca seca, evitó articular la última parte: Matar a un hombre. En cambio, añadió—: Esta noche tengo algo que hacer. Volveré tarde. Pero espérame despierta. Tenemos que hablar.

—¿De qué? —El corazón de Erlin dio un vuelco (BUM) y redobló su martilleo.

Rex dijo:

—De nosotros.

Mierda, pensó Erlin.

Va a hacerlo y luego, ¿qué? ¿Va a matarme a mí?

¿Cómo demonios iba a matarla?

¡Vamos, Erlin, es Rex! ¡Rex! No un psicópata.

—Tenemos que hablar —insistió Rex.

—¿Pasa algo? —preguntó ella.

—Yo creo que sí —se apresuró a responder Rex.

Por supuesto, Rex se refería a su insípida vida sexual, pero

Erlin creyó que estaba hablando de Don, el tipo de la papada inmensa y el bigote lenteja.

Volvió a pensar en la pistola.

Y luego pensó en su armario y en la maleta que guardaba encima, y se dijo que tenía que pasar por casa antes de acudir a su cita con el psiquiatra.

Don y Erlin habían quedado para cenar. Luego Erlin había pensado en pasarse por la fiesta en honor a Vendolin Woolfin que había organizado una de las socias del club. La pelirroja. Aquella chiquilla del perro rosa. Y tenía previsto acabar la noche en casa de Don, bajo aquella papada inmensa y aquel bigote lenteja.

Y eso era lo que haría, sólo que incluiría su maleta en el lote, por si a Rex le daba por aparecer en algún momento y pretendía (BANG BANG) acabar con ellos.

—Tengo una clienta. Nos vemos esta noche —zanjó Erlin y, sin esperar respuesta, colgó.

Rex se quedó mirando el teléfono, extrañado. Cuando devolvió la vista a la mesa, había un tipo de pie frente a él.

Era el tipo de las zapatillas.

—¿Señor Piscis? —preguntó.

Rex asintió.

—Soy Kramer. William Kramer —dijo Marvin, tendiéndole la mano, una de aquellas manos de uñas negras, a la que el pequeño Rex se agarró con cierta cautela—. Encantado de conocerle.

30

Secta de chiflados

Francis Dómino jugueteaba con el mechero de Linda mientras trataba de poner en orden sus pensamientos. Linda había llegado, había tomado prestado su corazón, aquel montón de (BUM-BUM) carne palpitante (BUM-BUM), lo había dejado caer en una piscina vacía (BLAM) y se había ido, dejando tras de sí aquel mechero azul cobalto.

El caso es que Francis jugueteaba con el mechero de Linda mientras trataba de poner en orden sus pensamientos. Había hablado con Clay Gómez, le había contado lo que tenía que contarle y luego se había acostado con aquella periodista, amiga de Roberta, y lo más probable era que en aquel preciso instante Roberta Glanton ya lo supiera todo y... ¿qué?

Muy sencillo.

Roberta iba a matarle.

No exactamente, iba a enviar a alguien para que lo hiciera por ella.

No, es ridículo, pensó Francis. Ya no tiene sentido. He hablado. Tendría que matar a Clay Gómez para asegurarse de que...

Un momento.

¿Y si lo ha hecho ya?

¿Y si aquella periodista, Liz, la había llamado justo después de salir de su casa para contarle lo que había estado hablando con Clay, y Clay ya estaba muerto?

Francis tragó saliva con un sonoro (GLUM). Luego consultó su reloj.

Las diez menos cinco.

Roberta había tenido casi tres horas para matar a Clay.

¿Qué demonios te pasa, Dómino? ¿Es que estás loco? ¿Qué crees que es esto, una película de Tarantino?

Tarantino era un tipo que dirigía películas. Le gustaba más la sangre que a Hitchcock las rubias. Hitchcock era ese otro director que decía que las películas eran como pedazos de tarta de cumpleaños.

—Tenemos que irnos —dijo Wen.

Oh, sí, y también estaba la chiflada.

Francis acababa de ser testigo de una delirante filípica sobre su relación con Kirk Cameron. Mejor dicho, con una fotografía de Kirk Cameron que tenía en, ¿cómo lo había llamado? ¿Su despacho?

Kirk Cameron, por cierto, era un actor de pelo rizado y esponjoso que había protagonizado una *sit-com* estúpida llamada *Los problemas crecen* y luego había desaparecido de la faz de la Tierra.

Wen le escribía una carta a la semana.

Había conseguido su dirección en una revista. Vivía en un lugar llamado Ventura, en California.

—Tenemos que irnos —dijo Wen—. La fiesta va a empezar.

—Claro, la fiesta —dijo Francis.

Se sentía francamente estúpido.

Llevaba una hora escuchando las estupideces de aquella chiflada.

Y ¿por qué?

Si aquella chiflada era parte del plan de Roberta Glanton,

¿qué demonios hacía allí? ¿Esperar a que sacara una Rundgren del bolso y lo pulverizase?

Francis estaba perdido. No había nadie con quien pudiera hablar. No tenía un solo amigo. Podía llamar a la escritora de escote generoso con la que había cenado la noche anterior pero lo único que haría sería recomendarle que dejara de leer a Philip K. Dick.

Philip K. Dick era un tipo que creía que Dios era un rayo láser de color rosa.

Y yo soy un tipo que cree que va a ganar un viaje a las Galápagos porque se parece al novio de Súper Chica. JA. No soy más que otro chiflado.

Francis se pasó las manos por la cara. De repente se sentía cansado, muy cansado. Miró su vaso. ¿Y si me ha puesto algo en la bebida?

Suspiró.

Chiflado, pensó.

Y luego dijo:

—Está bien. Veamos quién hay en esa fiesta.

Se puso en pie. Le temblaron las rodillas. Se agarró a la mesa con disimulo. Estaba muerto de miedo.

Encendió uno de sus Ponds antes de salir a la calle.

—¿No vas a hablarme del libro sagrado de tu secta de chiflados? —preguntó con sorna, tras exhalar el humo de la primera calada.

—¿El libro sagrado? —Wen lo miró sorprendida.

—¿De qué vas vestida? —le preguntó Francis.

—Oh. —Wen no supo qué decir.

Llevaba al menos diez kilos de ropa encima, sin contar con el traje de Súper Chica y la capa. La capa blanca. Para ocultarlos había tenido que ponerse un flamante jersey de cuello alto, amarillo, que le llegaba hasta la rodilla, y una falda negra tan larga que no podía evitar pisársela constantemente.

—¿Sabes lo que creo? Que no hay ninguna fiesta —dijo Francis.

Se había bebido un par de cervezas durante la cena. Empezaba a notarse un poco achispado. Cuando había pedido la tercera, el tipo de la barra le había dicho que ya había bebido suficiente. Francis no había replicado, creyendo que se trataba de una señal. Tiene razón, pensó, debería mantenerme sobrio.

Por si a alguien le da por dispararme.

Un borracho es un blanco demasiado fácil.

—Sí que la hay —dijo Wen, y bajó la vista.

—Mírame. —Francis se detuvo. Tomó la barbilla de la chica con su mano derecha—. Dime la verdad. No hay ninguna fiesta.

Wen lo estaba mirando a los ojos por primera vez desde el episodio del beso. Así le gustaba llamarlo, el Episodio del Beso, como si en vez de una viñeta fuese una pequeña historia dentro de otra historia, por qué no, un *What If?* sólo apto para fans de Wendolin Kramer.

—Sí la hay —dijo Wen.

Cruzaron la plaza George Orwell, en dirección a El Invencible. El Invencible, un bar oscuro pero no extremadamente nocturno, estaba a un par de esquinas, en la calle Escudellers. Se encaminaban hacia el badulaque en el que los Kramer compraban la comida. Estaba abierto día y noche. Pero uno no podía comprar plátanos en un lugar así. No sobrevivían más allá de aquellas cuatro paredes.

—Ya —le dijo Francis a Wen, y siguió fumando y caminando.

Wen volvió a mirarse los pies. Tenía una mano en el bolso y no porque temiese un tirón, sino porque había traído consigo una manoseada edición de bolsillo de *Earl*, de Vendolin Woolfin, y estaba considerando la posibilidad de decirle a Ed (¡Es Ed Meyer, por Dios! ¿Por qué le estás mintiendo?) que en realidad no había ninguna fiesta de superhéroes, sino una noche Woolfin, organizada por ella misma, con el único fin de tenerle localizado.

—Dímelo —dijo Francis, entreviendo que la chica había bajado la guardia.

—No puedo —dijo Wen.

—¡JA! ¡Lo sabía! —dijo Francis, cogiéndola de ambas manos, y mirándola a los ojos—. Es cosa de Roberta, ¿no?

Wen negó con la cabeza.

—Ya, oye, ¿cuál es el plan? ¿Secuestrarme y enviarme a las Galápagos?

Wen frunció el ceño.

—¿Secuestrarte? —De repente, Wen sintió latir la (S) de Súper Chica en su pecho y aquel estúpido zapato rubio a su espalda—. ¿Quién iba a querer secuestrarte?

—Tus esbirros —dijo Francis, haciendo uso de la terminología de las viejas novelas de aventuras que había leído de niño—. ¿No soy un superhéroe?

—¿Insinúas que yo soy una supervillana? —Wen abrió mucho los ojos.

—Deja ya eso, ¿quieres? ¿Cuánto te paga Roberta? ¿Qué te ha pedido exactamente que hagas conmigo?

—¡No es Roberta! —confesó Wen. Notaba las manos de Francis estrangularle las muñecas. ¿Qué se suponía que debía hacer? ¿Darle una patada? ¡Usa tu superfuerza!, dijo una voz en su cabeza. Ya, dijo otra, mi superfuerza, añadió, con sorna.

Francis la soltó, se pasó la mano por la cara, encendió otro cigarrillo.

—Entonces ¿quién es? —preguntó luego.

—No lo sé —dijo Wen.

—¿Qué hay en realidad en ese bar? —Francis fumaba con desespero.

—Las chicas del club —dijo Wen.

—¿El club? —Francis la miró de nuevo de arriba abajo. ¿Con toda aquella ropa? ¿Un club? ¿Qué clase de club?

—El club Woolfin —dijo la chica.

Francis se echó a reír. No pudo evitarlo, pese a que estaba muerto de miedo.

Por supuesto que aquello era cosa de Roberta Glanton.

Tan retorcido como ella.

—¿Y qué se supone que van a hacerme? ¿Un lavado de cerebro? —preguntó.

—No te entiendo.

—¡Oh, claro que no me entiendes! ¿Qué te ha prometido Roberta? ¿Una isla desierta? ¿Las Galápagos? ¿Vas a hacerlo tú misma?

—¡No!

—¿Y quién va a hacerlo entonces? ¿Una de esas chifladas?

—¿Hacer el qué?

—PUM —dijo Francis, apuntándose a la cabeza con su propia mano en forma de pistola—. Pegarme un tiro.

Wen dio un paso atrás, horrorizada.

—¿Quién eres? —preguntó.

—Finges francamente bien, pequeña.

—¿Cómo?

—No puedo creérmelo. ¿Aún no lo sabes?

Wen negó con la cabeza.

—Soy Vendolin Woolfin, pequeña —dijo Francis, resuelto, alargando la mano para estrechársela—. Encantada de conocerla.

—¿QUÉ? —Wen abrió tanto la boca que de repente parecía uno de los personajes larguiruchos y boquiabiertos de Peter Bagge. En concreto, Lisa, la pelirroja que se rapó al cero y se volvió majara después de trabajar en un supermercado.

—Y tú estás trabajando para Roberta Glanton, mi editora, que no tiene ni idea de que nada de lo que haga esta noche cambiará mi charla con Clay Gómez.

—¿Vendolin Woolfin? —Wen seguía sin pestañear.

Francis bajó la mano. Elevó la otra y le dio una calada a su cigarrillo, mirando hacia la callejuela que se perdía a su izquierda.

—¿Qué fue lo que te dijo? —preguntó Francis.

—¿Cómo puedes ser Vendolin Woolfin? —preguntó Wen.

—Es una larga historia —dijo Francis—. ¿Qué fue lo que te dijo?

—¿Quién?

—Roberta. O quien quiera que fuese.

—¿El señor Piscis?

Francis palideció de repente. Por un momento había llegado a creerse la historia de la chica. En realidad, había deseado que fuese cierta, como los ufólogos desean creer en hombrecitos verdes.

—¿El señor Piscis? —preguntó, sin aliento, Francis.

—Es el hombre que me contrató.

—¿Un hombre?

Wen se encogió de hombros.

—Un hombre bajito —dijo.

—No le conozco —dijo Francis, meditabundo. Se rascó la barbilla (RUS RUS)—: ¿Y para qué te contrató exactamente?

—No sé si...

—¡Oh, vamos! —Francis extendió los brazos, mirando al cielo, en un gesto teatral, mientras la cabeza le daba vueltas—. ¿Para qué te contrató?

—Para organizar la fiesta —mintió Wen.

—¿Qué? —Francis se mordió el labio inferior—. ¿Lo dices en serio?

Wen asintió.

Estaba mintiendo.

¿Qué otra cosa podía hacer?

¿Qué habría hecho Súper Chica en su lugar? Súper Chica no habría mentido.

Súper Chica nunca mentía.

Pero Súper Chica no vivía en su mundo de zapatos rubios. Y tenía algo más que una capa blanca.

—Entonces... Un momento. ¿Estás diciéndome que Roberta me ha preparado una fiesta? ¿Una fiesta sorpresa?

Wen asintió.

No sabía quién era Roberta pero sabía que ésa era la respuesta correcta.

—Uhm. Entonces a lo mejor quiere que... ¡Oh, Dios mío! ¿Y si quiere que...? ¿Está dispuesta a contárselo a todo el mundo?

Si es así, me casaré con ella, pensó Francis.

—Creo que sí —dijo Wen.

Francis se rió.

¡Una fiesta, por Dios santo!

Francis no podía dejar de reír.

Un segundo antes había creído que era hombre muerto.

Y al segundo siguiente, el tipo más famoso del mundo.

Se echó a llorar.

—¿Estás bien? —preguntó Wen.

Francis asintió. Le dio una última calada a su cigarrillo y lo lanzó lejos, tan lejos como pudo. Luego se restregó los ojos con el dorso de la mano y se aclaró la garganta.

Famoso, pensó.

Tan famoso como ese estúpido superhéroe.

Francis frunció el ceño al recordar esa historia de los superhéroes.

—Un momento —dijo—. ¿A qué vino todo eso de los superhéroes?

—Oh. Es lo primero que se me pasó por la cabeza. Tenía que ser una sorpresa.

¡Claro! ¡Una sorpresa!

¿Había llegado a pensar realmente que Robbie podía (BANG) pegarle un tiro?

¡Un tiro!

—¿Te he dicho ya que te adoro, pequeña? —Ése era Francis y lo que estaba haciendo era (CHAS) propinarle un sonoro beso en los labios a Wen. Un beso (CHAS), el tercero, que sonó como un disparo de fogueo.

Y sabía a Bubaloo.

Lo siguiente fue que empezó a llover.

Y que Wen y Ed (Francis) Meyer se alejaron del lugar cogidos de la mano.

31

Francis Dómino no volverá a fumarse un cigarrillo

Acodado en la barra de El Invencible, Clay Gómez asistía estupefacto al espectáculo que se desarrollaba en el bar. Una monja (¡una monja!), con su hábito y su rosario, le pedía a la camarera, una chica de tejanos ajustados y ombligo al descubierto, que colgara tras la barra, en el lugar más visible del local, una especie de cartel en el que podía leerse (¡sin ninguna duda!) el nombre de Vendolin Woolfin. Otras tres mujeres traían consigo ejemplares de las novelas que aquella misma tarde Clay había estado hojeando en la biblioteca de camino a casa, con el fin de recoger detalles de escenas, de diálogos, que le dieran el toque definitivo a su reportaje. Y otras dos entraban en aquel preciso instante. Clay miró a la camarera, que ya había colgado el cartel, y se encogió de hombros. Le dio otro trago a su cerveza y se fijó en el impresionante anillo que lucía una de ellas. Debía tener al menos ochenta años. La mujer, no el anillo. Caminaba apoyada en la segunda mujer que, francamente, era idéntica a ella, sólo que en una versión cuarenta años más joven.

¿Era posible que aquel tipo, Francis Dómino, hubiera montado una fiesta en su honor? ¿Y por qué no simplemente decírselo? ¿Por qué fingir que su vida corría peligro? ¿Para atraerlo hasta el lugar?

—Joven. —Alguien, algo, un dedo índice quizá, había presionado su hombro derecho y reclamaba su atención.

Clay se giró. Era la monja. Tenía los ojos pequeños y muy separados, la nariz diminuta, los labios resecos y mordisqueados. Debía tener su edad, alrededor de los treinta, sólo que aparentaba 103 más.

—¿Puede pedirme un zumo de naranja?

Clay sonrió.

—Me temo que aquí no hay zumos de naranja, hermana.

—¿Y qué bebe usted?

Clay miró su copa y luego miró a la monja, y dijo:

—Cerveza.

—Oh, habría jurado que era zumo de naranja. —La monja se subió al taburete que había junto a Clay. Éste se fijó en las sandalias que llevaba y en sus uñas pálidas bajo aquella luz mortecina—. ¿Espera a alguien?

—No —dijo Clay, negando con la cabeza, divertido.

—¿Le pongo algo? —preguntó la camarera.

El local estaba vacío a excepción de aquel montón de mujeres y un par de parejas de turistas que se metían mano en las únicas dos mesas del bar.

—Un bíter —dijo la monja.

—No tengo —dijo la camarera.

—Pues Fanta de naranja —dijo la monja.

La camarera asintió y le sirvió la Fanta. Clay se dio media vuelta. La puerta del local acababa de abrirse. Una negra tremendamente gorda estaba entrando, seguida de (¡oh, no!) Liz Garo. La periodista no tardó en verlo. Se le iluminó la cara cuando lo hizo. Llevaba un trapo azul eléctrico que le tapaba los pechos pero dejaba al descubierto su trabajado abdomen, unos pantalones blancos minúsculos (*shorts*, los llamaban) y tacones de al menos veintitrés centímetros.

—¡CLAY! —gritó Liz.

Clay se limitó a alzar la mano.

—¿No dijo que no esperaba a nadie? —preguntó la monja, dándole el primer trago a su Fanta de naranja, después de santiguarse ante la visión de Liz.

Clay se encogió de hombros. La monja le dedicó una sonrisa.

Por un momento, Clay pensó: ¿Está tratando de ligar conmigo?

Y, ciertamente, no se equivocaba.

Pero digamos que la noche no era apta para comedias románticas protagonizadas por novicias de permiso y corresponsales con exclusivas como bombas atómicas.

—¡Clay, cielo! ¿Qué haces aquí? —Liz le dio uno de aquellos abrazos suyos, que manoseaban tanto como podían, dedicó una sonrisa seductora (¡por Dios santo!) a la novicia, y se quedó de pie, junto a Clay, tan cerca de él que sus labios casi se rozaban al hablar. Y, bajo aquella luz, Clay pensó: Bueno, después de todo, Liz no está nada mal.

—Lo mismo que tú, supongo —dijo.

—¿Ha venido? —preguntó Liz.

—¿Quién? —preguntó Clay.

—¡Roberta!

Clay miró alrededor. Todas aquellas mujeres charlaban animosamente y se reían como quinceañeras de otra época, tapándose la boca e inclinando la cabeza ligeramente hacia atrás. De vez en cuando se daban una a la otra con uno de sus libros Woolfin.

—No, pero hay una fiesta —dijo Clay.

Liz miró a la monja. Luego miró a las mujeres. Se detuvo en la octogenaria.

—¿Has visto eso? —susurró al oído del periodista.

—Son lectoras de Vendolin Woolfin —dijo Clay.

Liz arqueó las cejas. Alzó un poco la voz, dirigiéndose a la monja:

—¿Ha venido a la fiesta, hermana?

La monja asintió. Tenía las cejas rubias y los ojos azules.

—Somos del club de lectura de la librería Woolfin —dijo alzando también la voz por encima de la música.

—¡Vaya! ¡Un club de lectura! ¿La has oído, Clay? —Ésa era Liz.

Clay asintió y le dio otro trago a su cerveza.

La puerta del local volvió a abrirse y esta vez entraron una mujer con cara de perro aburrido y un tipo con un bigote ridículo. Al verlos entrar, el grupo de mujeres enloqueció. Tres de ellas aplaudieron y las otras dos gritaron, al unísono:

—¡SEÑORITA ERLIN!

La camarera no pudo evitar reírse.

La negra tremendamente gorda tampoco.

Esta última estaba hojeando un *Mondo Sonoro* al otro lado de la barra y bebiéndose una cerveza. Cuando dejó de mirar al grupo de fans de Vendolin Woolfin, miró directamente a Clay. Éste bajó la vista, se concentró en su copa.

—¿Clay? —Ésa era Liz.

—Qué —dijo el periodista.

La negra tremendamente gorda estaba mirando la calle a través de los cristales. Parecía estar esperando a alguien.

¿A quién?

¿A Francis Dómino?

¿Al asesino de Francis Dómino?

Oh, vamos, Clay, no estás en una película de James Bond.

James Bond era un tipo que ligaba todo el tiempo y cuando no ligaba estaba haciendo explotar coches. Se suponía que era agente secreto pero lo único que hacía era beber martinis y acostarse con chicas listas que resultaban ser las malas de la película.

—Un club de lectura de Vendolin Woolfin —repitió Liz y, dirigiéndose a la monja, añadió—: ¿Y qué clase de fiesta es ésta?

—Es un homenaje a Vendolin —dijo la monja.

—¿Quién la organiza? —preguntó Clay.

—Wendolin Kramer —dijo la monja.

—¿Y ésa quién es? —preguntó Liz.

—Una socia del club —informó la monja.

—No, me refería a la mujer que acaba de entrar —dijo Liz.

—Oh, es Erlin, la presidenta.

Tal vez debería entrevistarla, pensó Clay.

—¿Podría hablar con ella? —preguntó, un segundo después.

La monja dijo:

—Se la presentaré. —Y, bajándose del taburete, cogió a Clay de la mano y se lo llevó.

Las mujeres rodeaban a aquella tal Erlin con intermitentes risas histéricas y estúpidas. La octogenaria había conseguido subirse a un taburete y parecía dormitar. El tipo del bigote ridículo no sabía qué hacer con las manos. Las anudaba a su espalda, luego se tocaba la papada, una papada inmensa, que había hecho desaparecer su cuello, y luego volvía a anudarlas a su espalda.

Papada, espalda, papada, espalda.

Eso era todo lo que hacía.

No tenía aspecto de asesino, más bien de Santa Claus.

Santa Claus con papada en vez de barba blanca.

—Erlin, este señor quiere hablar contigo —dijo la monja, cuando alcanzaron a la anfitriona. Erlin miró a Clay: su delicada piel de bebé, su aspecto de veinteañero. Frunció el ceño. Dijo algo al oído de la monja.

—Soy periodista, señora —dijo Clay, y le tendió la mano—. Clay Gómez.

Erlin se la estrechó con desgana.

—Estoy preparando un reportaje sobre Vendolin Woolfin y me encantaría hacerle un par de preguntas —le dijo al oído.

—¿Y por qué a mí?

Clay era bueno en su trabajo. No le costó convencerla de que su punto de vista era vital para su artículo. Erlin acabó cediendo. Más por vanidad que otra cosa. Salieron a la calle. Llovía. Poco, pero llovía. Se refugiaron bajo un portal. Clay sacó su libreta. Dos figuras se recortaron al final de la calle. Caminaban apresuradamente. Erlin las observó con cautela. Temía dejar a Don solo.

—Ha dicho un par de preguntas —dijo.

—Sí. Sólo quiero saber, uh, ¿cómo se sentiría si mañana descubriera que Vendolin Woolfin nunca ha existido?

—¿A qué se refiere? —Erlin no apartaba la vista de las dos figuras que se aproximaban. Una de ellas era menuda, la otra alta. Una de ellas podía ser Rex, la otra, ¿quién? ¿Aquel tal Perenchio? ¿Por qué demonios no se había deshecho de la pistola? ¿Cómo? ¿Tirándola a la basura?

—Imagínese que mañana descubre que Vendolin es en realidad una artimaña editorial, que sus libros los han escrito otros, como los de Ian Fleming.

Ian Fleming había escrito varios libros protagonizados por un agente secreto llamado James Bond, el tipo que se acostaba con chicas malas. Un buen día se murió, el escritor, y otro montón de escritores habían seguido escribiendo en su nombre, entre ellos, el padre de Martin Amis, Kingsley Amis.

Martin Amis había escrito una novela, *Campos de Londres*, en la que una chica adicta al sexo anal contrataba a un tipo para que la matara.

¿Y si Rex había hecho lo mismo?

¿Contratar a alguien para que lo matara?

Rex no era tan estúpido.

—No sé a qué se refiere. Vendolin es mi mejor amiga. Si me mintiera, me sentiría como se sentiría usted si su mejor amigo le mintiera —respondió Erlin.

Luego Clay le preguntó algo relacionado con los libros.

Erlin no escuchó la pregunta porque seguía concentrada en aquellas dos figuras. Cuando descubrió que ninguna de ellas era Rex, respondió lo primero que se le pasó por la cabeza:

—Pase lo que pase, Vendolin no morirá nunca.

—Muy bien, señora, muchísimas gracias.

—Erlinda Lago. Ése es mi nombre, por si quiere apuntarlo.

—Claro. Muchas gracias —repitió Clay, y anotó el nombre.

Erlin cruzó las manos en su regazo. Miró al desconocido que se acercaba. Era rubio y alto. Lo seguía una pelirroja menuda y pecosa, con una falda larguísima.

Wendolin Kramer, una de sus lectoras.

—¡Clay! ¡Usted por aquí! —Francis palmeó la espalda del periodista.

Clay estuvo a punto de sufrir un infarto.

A punto de quedar reducido a polvo, como un hongo ganimediano puesto a prueba por una pistola láser.

—Wen, éste es Clay Gómez —dijo Francis—. El hombre que lo sabe todo.

La chica lo miró sin demasiado entusiasmo, más concentrada en los labios de Francis, en no soltar su mano, que en otra cosa. Esbozó una sonrisa poco convincente.

Clay no pudo sonreír. Tenía el estómago como una piedra.

—¿Wendolin? —preguntó Erlin.

—¡Señorita Erlin!

Francis miró a Wen divertido. Luego se presentó él mismo.

—Señorita, a sus pies. Soy Francis Dómino. Wen me ha hablado mucho de usted. Y me temo que estamos condenados a entendernos. ¿Sabe que yo también amo a Vendolin Woolfin? Le diría mucho más, pero será mejor que espere hasta mañana, ¿verdad, Clay? —Francis se arrodilló junto a la mujer y le besó la mano.

Clay no dijo nada. Se había quedado mudo.

Erlin se dejó besuquear y luego interrogó a Wen con la mirada.

Wen le había hablado a Francis de Erlin de camino al local. Él había insistido en aquel absurdo de que era Vendolin Woolfin. Wen pensó que se había vuelto loco. Pensó en recomendarle un psiquiatra. El mismo al que había acudido su amiga Lisi cuando había creído ser una planta.

—Es, uh, un amigo —le dijo Wen a Erlin.

—¡Mucho más que eso, señorita! —bramó Francis, complacido—. Pero será Clay y no Wen quien le diga quién soy. A usted y a todas las demás. ¿Cuándo, Clay? ¿Mañana?

Clay se metió la libreta en el bolsillo trasero de sus pantalones y se retiró el flequillo de la frente.

—Todavía no lo sé, Francis —dijo Clay.

—¿Puedo volver dentro? —preguntó Erlin.

—Sí, claro, ¡volvamos! Me estoy empapando. ¿Te estás mojando tú, Wen? —Francis tocó el pelo de la chica—. Oh, Dios, estás como una sopa. Vayamos dentro.

Erlin cruzó la callejuela. Clay la siguió.

—¡Señorita! ¡Un momento! ¿Sabe qué? —Ése era Francis, completamente fuera de sí—. Quiero darle las gracias.

—¿Las qué? —preguntó Erlin.

—Las gracias. Wen me ha contado lo que ha hecho por Vendolin. Lo que todas ustedes han hecho por ella. Y yo se lo agradezco sinceramente. Mañana entenderá usted por qué —dijo Francis.

Estaba en mitad de la calle. Una calle peatonal mal iluminada que olía a rayos. Erlin tenía el tirador en la mano. Maldito chiflado, pensó, y empujó la puerta.

—Necesito un cigarrillo. —Francis sacó un Pond del paquete, se lo colgó de los labios—. Espérame dentro, pequeña. Voy enseguida.

Wen no podía sospechar que cuando se diera la vuelta

BANG
alguien acabaría con Ed Meyer.
Así que lo hizo. Se dio la vuelta y
BANG
oyó un disparo.
Y luego otro y otro más, y otro y otro.
Y cuando se volvió a mirar, Francis se retorcía en el suelo. Le faltaba un pedazo de frente, otro de cuello, y tenía un agujero del tamaño de una quemadura de cigarrillo en el pecho. Lo último que dijo fue:
—Cuéntalo, Clay.
Lo dijo en un susurro. El periodista no alcanzó a oírlo. Estaba tratando de calmar a aquella tal señorita Erlin, que se había vuelto loca, no hacía más que repetir: REXREXREXREX y TENEMOSQUESALIRDEAQUÍ y DONDONDONDON. El tipo del bigote lenteja y la papada inmensa se había desmayado. La camarera estaba llamando a la policía y a una ambulancia mientras la monja rezaba un rosario tras otro y sólo se detenía para repetir: DIOSMÍO.
¿Y qué estaba haciendo el Pond del 83 mientras tanto?
El Pond del 83 seguía humeando entre los dedos del detective escritor.
¿Y dónde estaba Wen?
Wen había echado a correr tras el asesino. Se había deshecho de su larga falda y de aquel gigantesco jersey. La capa blanca, su (S) de Súper Chica y aquel maldito zapato rubio, de color amarillo limón, brillaba en la noche lluviosa.

32

La vida efímera y feliz del zapato marrón

Rex había estrenado zapatos aquella noche. Pero eso a la Rundgren que sujetaba le traía sin cuidado. La Rundgren de Rex sólo tenía que (BANG) dispararse y luego tenía que dejarse caer y esperar a que alguien la recogiera y la devolviera al depósito de armas de la comisaría para reunirse con los suyos.

Siempre la misma historia.

Sólo que aquella vez, el tipo que la sujetaba, Rex, era un poco torpe y había alertado a la supuesta víctima, Francis, antes de (BANG) disparar.

Francis estaba encendiéndose aquel cigarrillo cuando Rex salió de su escondrijo, el único portal que había encontrado abierto en aquella calle, y tropezó. Tropezó porque uno de los zapatos le venía grande, y la supuesta víctima lo vio.

Rex alzó entonces el brazo y sujetando aquella Rundgren que sólo quería reunirse con los suyos, apuntó a Francis, que extendió las manos, tratando de detener el disparo. Pero lo único que consiguió fue perder parte del pulgar derecho justo antes de que la bala le atravesara el intestino grueso. Luego cayó al suelo. Y Rex apuró el cargador en: pecho, cabeza, cuello y hombro izquierdo.

Luego dejó caer la pistola.

Y echó a correr.

Volvió a tropezar. Esta vez con uno de los zapatos de Francis, y perdió uno de los suyos, pero no había tiempo para volver a por él. A punto había estado ya de perder el equilibrio y de dejar que aquella cosa con capa se le echara encima. Si volvía estaría perdido. Así que echó a correr descalzo de un pie, sintiéndose estúpido. Y aquella cosa con capa echó a correr detrás de él.

Aquella cosa con capa era Wen.

Corría tras él. Y gritaba cosas así:

—¡DETÉNGASE!

—¡QUIETO!

—¡ESTÁ RODEADO!

Rex no pudo evitar sonreír.

Chiflada, pensó.

La adrenalina hacía que la cabeza le diera vueltas.

Diez metros más y podría perderse entre la gente.

A un lado y a otro de la calle, grupos de turistas contemplaban su carrera como si no fuera más que un espectáculo nocturno.

JA, pensó Rex, ha sido fácil.

Demasiado fácil.

Pero ¿qué hacía Erlin allí?

Había visto a aquel tipo arrodillarse junto a ella y besarle la mano.

¿Quién demonios era aquel tipo?

¿Y qué más da? ¡Está muerto! ¡Muerto!

Rex volvió la vista atrás un segundo, convencido de haber dejado atrás a aquella chiflada y dispuesto a caminar como uno más entre la gente que paseaba por las Ramblas. Sus pies aflojaron la marcha, sin darse cuenta de que apenas había alcanzado el final de la calle, ¿y qué fue lo que vio?

Vio cómo aquella cosa con capa se le echaba encima. Literalmente, Wen se le tiró encima.

Lo siguiente que hizo Rex fue morder el polvo. La chica se le echó encima y ambos se estrellaron contra el suelo (BLAM) y, una vez allí, aquella cosa con capa le propinó un rotundo codazo en la entrepierna y le tiró de las orejas. Hasta que aquel jodido Kramer se detuvo junto a ellos, jadeante.

—¡USTED! ¡AYÚDEME! —gritó entonces Rex.

Wen alzó la vista. Rex le había propinado algún que otro puñetazo y estaba tirándole del pelo. Le había arrancado un par de mechones.

—¿Marvin? —Ésa era Wen.

Y entonces ocurrió.

Wen miró al tipo que había estado intentando inmovilizar. El supervillano.

Y descubrió el lunar en la barbilla.

—¡Señor Piscis! —dijo.

—¡TÚ! —bramó el señor Piscis, al descubrir que aquella cosa con capa era en realidad la secretaria del maldito Kramer.

Wen se retiró un mechón de la cara y se frotó la nariz, empapándose la manga del traje de sangre.

—No se mueva —le dijo.

—¿O qué? —preguntó Rex, que había empezado a oír las sirenas de la policía.

Un pequeño grupo de turistas los rodeaba. Rex propinó otro sonoro puñetazo (PLAM) a Wen y se zafó de su ridícula llave. Pero no llegó a ponerse en pie. Marvin le dio una patada y se le echó encima, aplastándole la cabeza contra un charco.

—La próxima vez métete con alguien de tu tamaño —le dijo Marvin al oído.

—Puto Kramer —dijo Rex—. ¡Te pagué, hijo de puta! ¡Te pagué! Irás a la cárcel, si no me sueltas, ¡los dos iréis a la cárcel!

Marvin sonrió satisfecho. No como lo habría hecho Hank Pym, el solterón Hombre Hormiga, sino como lo habría hecho el bueno de Steve Rogers, el rubio y musculoso Capitán

América, de haber estado hundiendo la cabeza de Cráneo Rojo en un charco de ácido. La cabeza de aquel jodido esqueleto del demonio.

Las sirenas se detuvieron al final de la calle.

El señor Piscis gritó:

—¡SUÉLTAME, HIJO DE PUTA!

Y, desde el suelo, Wen musitó:

—¿Ed?

—Creo que está muerto —respondió Marvin (Steve), sintiéndose por primera vez como un auténtico (chúpate ésa, Eduardo) superhéroe.

—¡Suéltame! —suplicó esta vez, al borde del llanto, Rex.

Rex creía que la cárcel se parecería al instituto.

Y Rex no quería volver al instituto.

Pero era justo lo que iba a hacer. Antes de que lo esposaran, Rex se preguntó si sus padres le escribirían. Si le escribirían algún día.

¿Y Wen?

Cuando los agentes llegaron, Wen se había hecho un ovillo en el suelo, envuelta en su capa, y tarareaba sin descanso el estribillo de «Eighties Fan».

Su canción favorita.

33

Sólo tengo un traje estúpido

El detective negro y atlético se llamaba Brendan Buque y su compañera, Mía Buque. Eran hermanos. Se llevaban diez meses y desde los seis años habían querido ser detectives. Mía había llegado a serlo antes, era la mayor. Tenía un cuerpo tan atlético como él, pero le gustaban más las películas de terror que las policíacas. Conservaba una copia de los informes de homicidio en casa y podía pasarse horas mirando fotos de tipos muertos. No era lo que se dice una chica del montón.

—El tipo ha confesado —le dijo su hermano aquella noche lluviosa.

—¿Y?

—¿Cómo que y?

—¿Y toda esa gente?

Brendan había metido a Wen, Marvin y el supuesto homicida en un coche patrulla. Luego había enviado a un par de agentes al bar en el que habían encontrado el cadáver. Habían interrogado a la camarera, a una octogenaria que dormitaba en un taburete, a su hija, a un par de histéricas, a una enfermera tremendamente gorda, a un tipo con un bigote ridículo, a la mujer con cara de perro aburrido que decía ser su amante y a una periodista que lucía unos ajustados *shorts*. Luego habían metido al resto, a la monja y a Clay en un coche patrulla.

Y ahora estaban todos ellos en comisaría.

Todos menos el supuesto homicida.

—La pelirroja conocía al asesino —dijo Brendan.

—¿La de la capa?

—Sí.

—¿Y qué demonios hace vestida así? ¿Tenemos a Súper Chica en la ciudad y no lo sabíamos? —Mía hojeó la carpeta que contenía las fotografías que había tomado el equipo forense. Haría una copia antes de volver a casa.

Brendan dijo:

—¿Quieres que entre?

—No. Un momento. ¿Y la monja?

—Estaba en el bar. ¿No te resulta sospechoso?

—¿Una monja, Brendan? ¡Por Dios santo! ¿Sospechoso? ¡Mírala!

—Ya. No ha dejado de rezar desde que la metimos en el coche.

—Mándala a casa. O al convento. Y a todos los demás también.

—¿Qué?

Mía se masajeó las sienes.

—Oh, Dios, acabemos con esto de una vez —dijo—. Cuéntame.

—¿Lo que sé?

—Lo que sabes.

—El muerto había salido a cenar con la chica de la capa. Luego decidieron ir a tomar una copa a ese bar y, PUM, se lo cargaron.

—Cinco disparos.

—Eso creo.

—Bien. El asesino dispara, deja caer la pistola y echa a correr. —Mía echó un vistazo a su reloj de pulsera. Si liquidaba aquello rápido podía llegar a tiempo para ver aquella estúpida serie sobre extraterrestres de tres cabezas—. Sin poder sospechar que su víctima ha salido esa noche con Súper Chica.

Brendan se rió.

—Súper Chica lo reduce, ¿y qué pasa luego, Bren? —preguntó Mía.

—Que Súper Chica dice que en realidad el supuesto homicida es su cliente.

—No jodas, ¿prostituta?

—Peor. —Brendan alzó las cejas—. Detective.

Mía se aproximó a la persiana que mantenía aislado su despacho de aquel pasillo de la comisaría y espió a Wen a través de una rendija.

Estaba mirándose los zapatos. Mejor dicho, las botas de tela amarilla cosidas a su disfraz de Súper Chica. Era delgada, menuda, pecosa y parecía francamente triste. Tenía las mejillas sonrosadas y los nudillos blancos. Se sujetaba a la silla como si fuera la vagoneta de una montaña rusa a punto de descarrilar.

—Hazla pasar —dijo.

Brendan obedeció. Salió del despacho y llamó a la chica. Cuando lo hizo, el tipo de las Nike Air se levantó como si fuera su sombra. Mía le observó discutir con Brendan mientras encendía un cigarrillo.

—Putos chiflados —dijo.

Luego Brendan entró en el despacho. Solo.

—El tipo quiere entrar. Dice que están juntos en esto.

Mía suspiró. La cabeza le dolía horrores. Volvió a consultar su reloj. La una y doce minutos. Hacía una hora y doce minutos que su turno había acabado.

—¿Y qué quieres que te diga, Bren? Que pasen. Dos pájaros de un tiro. —Mía se recostó en su silla y exhaló el (FUUUUF) humo de la última calada con los ojos cerrados.

Cuando volvió a abrirlos, la chica de la capa y el tipo de las Nike Air estaban en su despacho. Mía les invitó a sentarse.

—Súper Chica y... Perdone, no tengo el gusto —dijo Mía, sin levantarse de su silla, parpadeando como lo haría una rubia tonta en una comedia estúpida.

—Marvin Rodríguez —dijo Marvin.

—Estupendo, ¿quieren sentarse, por favor?

Marvin y Wen se sentaron. Wen parecía completamente ida.

Se sentía culpable. Tremendamente culpable.

Si fuera Súper Chica se iría a otro mundo, puede que a Planeta Remordimiento, para someterse a una cura de desintoxicación de culpa.

Pero no era Súper Chica.

Sólo llevaba puesto un traje de zapatos rubios.

—Bien, en primer lugar, gracias —dijo Mía, mirando a Wen directamente a los ojos. Uno parecía hinchado. Tenía restos de sangre seca alrededor de la nariz—. Han actuado ustedes como verdaderos superhéroes, especialmente usted, señorita Durán.

Wen no se inmutó. Una lágrima rodó por su magullada mejilla izquierda. Se la enjugó con el dorso de la mano, en un acto reflejo.

—¿Puedo preguntarle de qué va vestida? —Ésa era Mía.

Wen siguió mirándose los zapatos.

Sus zapatos rubios y estúpidos.

Marvin se aclaró la garganta.

—De Súper Chica —dijo.

—Claro. Súper Chica. Eso lo aclara todo. ¿Y para qué les había contratado el señor Nogueiros si puede saberse?

—Señor Piscis —intervino Wen, alzando la vista, con los ojos empañados—. El señor Piscis creía que yo era mi propia secretaria.

—¿Cómo?

—Todo es culpa mía —dijo Wen en alemán.

—¿Cómo dice? —preguntó Mía.

—Todo es culpa mía —repitió Wen en alemán.

—¿En qué idioma habla? —le preguntó la detective a Marvin.

—Es alemán —dijo Marvin.

Wen prosiguió:

—No soy Súper Chica. Sólo tengo este traje estúpido. Pero nunca pasa nada malo. Y ahora Ed ha muerto y yo tengo la culpa de todo —dijo la chica, por supuesto, en alemán, o en lo que su madre y ella creían que era alemán.

—No se moleste —dijo Mía—. No la entiendo.

Y mirando a Marvin, añadió:

—¿Puede decirme usted para qué les había contratado el señor Nogueiros?

—No sé de qué contrato habla. Yo me dedico a vender cómics. Tengo una tienda —dijo Marvin—. Así fue como conocí a Wen.

Marvin entrelazó su mano en la maltrecha mano de Wen. La chica ni siquiera lo miró. Seguía completamente ida.

—Estupendo —dijo Mía—. Y ahora va a decirme que sólo pasaban por allí.

—Yo le quería —dijo Wen—. Y ahora está muerto.

—¿Estaba enamorada del muerto? —preguntó Mía.

—Ed Meyer está muerto —dijo Wen.

—¿Quién demonios es Ed Meyer? —preguntó Brendan, que acababa de regresar de la máquina de cafés con un par de vasos de plástico humeantes.

—El novio de Súper Chica —informó Marvin, apretando la mano de Wen.

Mía miró a su hermano.

—No tenemos nada —dijo.

—Pero ¡ella me dijo que conocía al asesino!

—El señor Piscis es el asesino —dijo Wen.

—El señor Piscis —repitió Mía, divertida.

—Un supervillano —dijo Marvin.

—Genial. ¿Por qué no haces pasar a la monja, Bren? Le preguntaremos si cree que Ed Meyer debería casarse con Súper Chica.

—Ed Meyer está muerto —dijo Wen, y otra lágrima rodó por su mejilla magullada. Esta vez fue Marvin quien se la enjugó.

—Escuche, lo único que hicimos fue detener a ese hombre. Wen había salido con, eh, el muerto. Yo no me fiaba de él. Los seguí. Luego ese otro tío le disparó y echamos a correr tras él. Wen lo alcanzó. Él la golpeó. Luego llegaron ustedes —dijo Marvin.

Sabía que si decía la verdad podían meterse en un buen lío. De hecho, podían acabar en la cárcel. Y Marvin no quería acabar en la cárcel. Cruzó los dedos para que Wen no saliera de su ensimismamiento.

—Estupendo —dijo Mía—. Entonces no es detective.

—No —dijo Marvin.

—Sí —dijo Wen.

—¿En qué quedamos?

—Ella cree que sí —susurró Marvin, echándose hacia delante y tapándose la boca con la mano.

Mía miró a su hermano, desafiante.

—¿Has oído eso, Bren?

—¡Pero si tiene un anuncio en el periódico! —Brendan salió, regresó al cabo de poco con un periódico, le mostró el anuncio de Wen.

—W. Kramer, detective —leyó Mía, luego alzó la vista, seguía teniendo aquella mirada desafiante, añadió—: ¿Te recuerdo que la señorita se llama Durán, Bren?

Wendolin Kramer no era Wendolin Kramer, de la misma manera que Ron Kramer no era Ron Kramer, sino Julio Durán. Todo era invención de Marion, cuyo nombre real era María Rijoso.

Brendan no dijo nada.

Mía suspiró. Encendió un cigarrillo. Se arrellanó en su sillón. Estaba claro que aquélla no era una buena noche para ser detective.

—A lo mejor tiene una doble identidad. Como los superhéroes —bromeó Mía.

Brendan no se rió.

—Nogueiros ha hablado de un tal señor Kramer —dijo Brendan.

—William Kramer —dijo Wen desde Planeta Remordimiento, o lo que ella creía que era Planeta Remordimiento.

—Ahí lo tienes —dijo Mía—. William Kramer, detective.

—No existe William Kramer. Wen se lo inventó —dijo Marvin.

Mía frunció el ceño.

—Explíqueme eso.

Mía odiaba a los detectives privados, los muy entrometidos creían que hacer su trabajo era fácil y no tenían ni idea. Ni idea. Lo único que hacían era engatusar a estúpidos aficionados a los horóscopos y a las novelas de detectives.

Mía le dio un par de largas caladas a su cigarrillo mientras Marvin hablaba.

Y lo que dijo Marvin fue que Wen se había hecho pasar por la secretaria de ese detective de mentira y que Nogueiros había contactado con ella y había solicitado sus servicios, sólo que no había tales servicios.

—Tampoco pude acabar con Dedos Sucios —dijo Wen.

—¿Otro supervillano? —preguntó Mía.

Marvin se encogió de hombros.

—No soy Súper Chica. Sólo tengo un traje estúpido —susurró Wen.

Mía sonrió. Aquello parecía un juego de niños.

—¿Qué ha dicho, señorita? —preguntó, aunque la había oído perfectamente.

—Yo quería a Ed Meyer. Pero él no me quería a mí —dijo, la vista clavada en aquellas ridículas botas de tela.

—Me alegro por ese tal Ed, parece usted una buena chica —dijo Mía, luego apuró el cigarrillo y aplastó la colilla en el cenicero—. Muy bien. Hemos terminado. Pueden irse, pero es probable que tengan que volver.

Wen se levantó, estrechó la mano de la detective y se dio media vuelta, abatida.

Mentalmente estaba haciendo pedazos su traje, descosía los zapatos rubios, tachaba la letra (S), descuartizaba, tijera en mano, el resto. Luego le decía a su madre que dejara de preocuparse por su masaje de los miércoles.

Buscaría un trabajo. Un trabajo de verdad.

—¿Wen? —Ése era Marvin. Habían llegado a la puerta de la comisaría, el aire era frío, aunque había dejado de llover.

—Tengo que irme —dijo la chica.

—Puedo acompañarte a casa —dijo Marvin.

—No —dijo Wen—. No estoy aquí. No puedes verme.

—Claro que puedo verte. —Wen agachó la cabeza. Marvin le sujetó la barbilla. Se miraron a los ojos. Los de la chica eran los ojos más tristes que el aspirante a Peter Parker había visto jamás—. Escúchame, no ha sido culpa tuya.

—Pero ¡no pude pararle! ¡Lo mató, Marvin! ¡Ed está muerto! ¡Muerto! —Wen rompió a llorar, tapándose la cara con ambas manos, como una niña—. ¿Qué pensará mamá de mí? ¡No soy Súper Chica!

—Wen, Súper Chica no existe —dijo Marvin, metiéndose las manos en los bolsillos, sin saber qué hacer con ellas, aquellas manos de dedos amarillentos y uñas negras, a buen recaudo en los ridículos bolsillos de los pantalones de su padre.

—Ya —dijo ella, sorbiéndose los mocos—. Y yo tampoco.

—No, tú sí que existes.

—No. —Wen se restregó los ojos, sus ilusos ojos azules, hinchados, uno más que otro, por culpa de aquel puñetazo—. Yo tampoco.

La calle a su alrededor era un eco de voces que se alejaban. Luces. Balcones de persianas bajadas. Charcos. Una prostituta saliendo de su portal, las figuras de un par de chavales recortándose al final de la calle, acercándose, dando tumbos, acercándose cada vez más, hasta que pasaron de largo. Wen pudo oír sus risas. Ni siquiera alzó la vista pero sintió sus miradas clavándose en su capa, en aquella estúpida capa de su estúpido traje. De repente, la (S) que brillaba en su pecho pesaba más que de costumbre. Se tiró de la malla.

—¿Wen? ¿Estás bien? —preguntó Marvin.

—¿Lo has visto? —preguntó la chica.

—¿El qué?

—Esos chicos.

—No.

—Por eso no existen los superhéroes, ¿verdad?

—¿Cómo?

—Se ríen de ellos.

—¿Quién?

—Todo el mundo. Todo el mundo se ríe de ellos.

—¡No!

—No en su mundo, en el nuestro. Lo pienso a veces. —Wen seguía como ida, la mirada perdida en algún lugar al fondo de la calle—. Lo pienso a veces. Imagínate a Súper Chica en el instituto. Pero no en su instituto sino en un instituto de los nuestros. Todos se reirían de ella. ¿Y qué haría ella si un día uno de ellos estuviera en peligro? ¿Salvarlo? Nah. Creo que en un mundo como el nuestro sólo podrían existir supervillanos.

—Wen.

—No, lo he pensado. —Wen se restregó la nariz con la manga ensangrentada del traje—. Creo que por eso no existen. No existen porque nadie los quiere. Por eso acaban todos convertidos en supervillanos. Mírame, yo misma, ¿qué soy? Una supervillana.

—¡No!

—Claro que sí —dijo Wen, luego bajó la vista y se le quebró la voz al añadir—: Ed está muerto por mi culpa.

—Wen.

—Tengo que irme, Marvin —dijo Wen, decidida.

Seguían en la puerta de la comisaría. Marvin la miraba conmovido. No había sentido tantas ganas de abrazar a alguien en toda su vida. Pero se contuvo. Dijo:

—Vale.

Y Wen empezó a alejarse, recordando aquella batalla con Dedos Sucios. Su primer beso. Y luego el beso de Ed Meyer. Ed Meyer. Había estado tan cerca. Wen se tocó los labios y susurró el estribillo de «Eighties Fan», su canción favorita. Y, mientras lo hacía, dedujo que a Tracyanne Campbell también la había atravesado un súper rayo derritecorazones alguna vez.

34

Vendolin Woolfin era, en realidad, un gigoló

—Esto es intolerable. —Clay se puso en pie y se dirigió al mostrador.

—Vuelva a su silla —le dijo la mujer que había al otro lado. Parecía llevar un siglo sin dormir y, ciertamente, aquella mujer padecía insomnio. Se lo provocaba su perro. Su perro se llamaba Justin y tenía problemas. Sólo que no iba al psicólogo. Si hubiera ganado un concurso de belleza tras otro hasta que hubiera dejado de ganarlos seguramente habría ido al psicólogo. Pero no lo había hecho.

—Señorita, tengo cosas que hacer —dijo Clay.

—Siéntese —indicó la mujer del perro con problemas.

—Pero ¡tengo que irme! —bramó Clay. Hacía un millón de años que aquel par de chiflados habían salido del despacho, y él seguía allí, mordisqueando la cucharilla de su insulso y radioactivo café de máquina—. ¿No puede ser que se hayan olvidado de mí?

—No —contestó la mujer con tono severo.

En el despacho, Brendan y su hermana discutían.

Mía había querido saber más del muerto y Brendan le había contado que Francis figuraba como detective en las tarjetas de visita que habían encontrado en su cartera. Sólo que no era exactamente un detective. Brendan había llamado al número de teléfono que aparecía en la tarjeta y habían estado a punto de enviarle a un tipo con esposas de peluche a casa.

—Gigoló. La cosa se pone interesante —había dicho Mía—. Mejor dicho, fácil. Nogueiros pudo matarlo por celos. Averigua si se estaba acostando con su mujer.

—Hay otra teoría —dijo en aquel momento Brendan, y señaló al periodista.

—Oh, Dios, ¿sigue ahí?

—Ese tío dice que el muerto, además de gigoló, era escritor.

—Estupendo. —Mía dio un sorbo a su café de máquina.

—Un escritor famoso.

—¿Ah, sí?

—Sí. —Brendan echó mano de su libreta, leyó—. Un tal Vendolin Woolfin.

—¿Vendolin Woolfin? —Por supuesto, Mía no era lectora de Vendolin Woolfin, pero sus amigas sí, y había tenido que aguantar más de una interminable conversación al respecto.

—El mismo.

—Pues miente.

—¿Cómo lo sabes?

—Porque Vendolin Woolfin es una mujer y además está muerta. Lleva muerta un millón de años. —Mía se acabó el café y encendió un cigarrillo.

—¿Y por qué habrá mentido?

—¿Quién sabe? —Mía le echó un vistazo, entreabriendo la persiana que mantenía su despacho ajeno a la mirada de cualquiera—. Hazle pasar.

Brendan asintió.

—¿No puede recordarles que sigo aquí? —Clay estaba desesperado.

La mujer del mostrador no respondió. Ni siquiera levantó la vista.

Y entonces la puerta del despacho de los hermanos Buque se abrió. La figura del detective negro y atlético se recortó contra el umbral amarillento.

—¿Señor Gómez? —Clay asintió, Brendan dijo—: Ya puede pasar.

—Gracias —dijo Clay, encaminándose nervioso hacia el interior del despacho. Se mordió una uña, se pasó la mano por el pelo—. Gracias.

Brendan se hizo a un lado para dejarle pasar.

—Buenas noches, señor... —Mía le tendió la mano.

—Gómez, Clay Gómez —dijo el periodista, estrechándosela.

—Me comenta mi compañero que conocía usted al fallecido.

—Bueno, no exactamente. —Clay se mordió la uña del índice de la mano derecha. Para hacerlo se cambió la americana de brazo.

—Siéntese —dijo Mía.

Clay obedeció.

—Lo había entrevistado esta misma tarde.

—¿Por qué, si puede saberse?

—Soy periodista.

—Eso tenía entendido.

—Al grano —intervino Brendan.

—Ese hombre era Vendolin Woolfin —dijo Clay apresuradamente.

—¿Quiere hablar un poco más despacio? —sugirió Mía.

—¿Por qué está tan nervioso, señor Gómez? —preguntó Brendan.

—Qui-qui-quieren matarme.

—¿Quién quiere matarle?

—Roberta.

—¿Qué Roberta?

—Roberta Glanton.
Deberías haber aceptado el dinero, dijo una voz en su cabeza.
Era la voz de Peter Parker.
El jodido Parker.
No me vengas ahora con ésas, dijo Clay sin abrir la boca.
Tragó saliva. Miró alrededor. Se pasó la manga de la camisa por la frente. Miró a la mujer. Era bonita. Tenía el pelo rizado, la nariz ancha y los labios enormes. Sus ojos formaban un par de óvalos perfectos del tamaño de una piscina olímpica.
—¿Quién es Roberta Glanton? —preguntó Mía.
—La editora —dijo Clay.
—Escuche, si quiere decirnos algo, dígalo de una vez. —Brendan se puso serio.
—Ese hombre, el muerto, es, bueno, era, Vendolin Woolfin, la escritora. Roberta Glanton se la inventó. Roberta se, bueno, Roberta se acostaba con él y una noche, él me contó que una noche se lo inventaron todo y luego él quiso contarlo, me llamó y quiso contarlo y entonces ella le amenazó, le dijo que se diera por muerto, que si hablaba podría darse por muerto y ahora él está muerto y yo no, y a lo mejor mañana sí, y a lo mejor...
—Entiendo. Cree que es una conspiración —dijo Mía.
Brendan se rió.
—¿Por un libro?
Brendan no había leído un libro en su vida.
—¿Un libro? —Clay no podía dar crédito.
—¿Quién iba a matar por un libro? —preguntó el detective.
—No es un libro, es un imperio, Roberta Glanton tiene un imperio.
—¿Un imperio de libros? No me haga reír —dijo Brendan.
—Escuche, señor Gómez, el señor que hemos detenido estaba casado con la mujer que ve usted ahí fuera y ella estaba

liada con su Vendolin Woolfin, porque su Vendolin Woolfin era en realidad un gigoló, así que, ¿qué cree usted que ha pasado? —Ésa era Mía, que tenía ganas de irse a casa. Sabía que aquello podía durar siglos pero quería cerrar un primer informe y largarse cuanto antes. Hacía un par de horas que había acabado su turno.

—¿Yo? No, no la entiendo... —Clay seguía sin dar crédito. Lo había hecho. Había confesado. Había arriesgado su vida contándoles aquello, ¿es que no se daban cuenta? En el depósito de cadáveres había un tipo que podía contarles a qué sabía la pólvora y ellos lo consideraban un paranoico.

—Le estoy diciendo que el marido de esa mujer ha confesado el crimen. Eso es todo lo que tiene que entender —dijo Mía.

—¿Toma usted algún tipo de medicación, señor Gómez? —preguntó Brendan.

—¿Medicación? Oiga, ¿y qué me dice de ese tipo?

Mía frunció el ceño. Miró a su hermano.

—Dice que el tipo de las Nike Air estaba siguiendo al muerto.

—Lo estaba siguiendo —dijo Clay—. Le he oído discutir con la chica.

—¿Qué chica? —preguntó Mía.

—La chica del traje de superhéroe —respondió Clay.

—Estupendo —dijo la detective. Luego encendió un cigarrillo con la colilla del que acababa de terminar y añadió—: ¿Sabe qué? Creo que ha visto usted muchas películas.

—¡No he visto películas! ¡Le estoy contando lo que sé! ¿Es que no lo entienden? ¡Mi vida corre peligro! —Clay estaba a punto de echarse a llorar.

—¿Se acostaba usted también con esa mujer? —preguntó Brendan.

—Déjalo —dijo Mía.

—¿No lo entienden? —Clay sollozaba—. ¿Es que no lo entienden?

—¿Qué tenemos que entender, señor Gómez? —preguntó Mía.

—Esta tarde ese hombre estaba vivo y fumaba, como usted, fumaba porque estaba vivo, y luego me dijo que había fingido. —Clay moqueaba, Mía le alargó un pañuelo de papel, Clay le dio las gracias y prosiguió—: Me dijo que había fingido ser Vendolin Woolfin, que Vendolin Woolfin era una farsa, ¡UNA FARSA! ¿Es que no me entienden? ¡El mayor clásico de todos los tiempos es una farsa!

—¿El mayor clásico de todos los tiempos? —preguntó Brendan con sorna.

—¿Quieren echarle un vistazo a las listas de los más vendidos?

—Escuche. En primer lugar quiero que deje de llorar. Y en segundo, quiero que se pregunte una cosa. ¿Cree que podemos meter a alguien en la cárcel porque esa escritora venda muchos libros? Necesitamos pruebas, señor Gómez.

—Pero ¡yo tengo pruebas! —dijo Clay, recordando el maletín que le había entregado Francis—. Si me dejan salir se las traeré.

—¿Qué clase de pruebas, señor Gómez? —preguntó Mía. Luego le ofreció un cigarrillo. Clay dudó un instante. Luego lo aceptó. Antes dijo:

—Tengo un manuscrito. Y una confesión del muerto.

Luego se puso el cigarrillo en la boca, Mía le alargó su cajetilla de cerillas, lo encendió, chupó el humo como si le fuera la vida en ello y añadió:

—Y un contrato.

Mía frunció el ceño.

—¿Un contrato?

—Firmado por la mujer de la que les he hablado, Roberta Glanton. —Clay parecía haber recuperado la compostura, aunque seguía mirando a un lado y a otro, inquieto—. ¿Realmente no saben quién es Roberta Glanton?

Mía y su hermano se miraron.

Brendan se encogió de hombros.

Mía dijo:

—Dígamelo usted.

Clay les contó todo lo que sabía sobre Roberta Glanton. También les contó que Roberta Glanton había intentado sobornarle.

—Pueden preguntarle a Liz si no me creen —dijo luego.

—¿Quién es Liz? —preguntó Mía.

—Estaba en el bar —dijo su hermano.

—Supongo que tenemos sus datos —dijo Mía.

Brendan asintió.

Brendan tenía algo más que sus datos.

Liz Garo nunca desperdiciaba un encuentro con un tipo de los músculos y la talla de Brendan Buque.

—Bien. Es tarde, señor Gómez. —Mía consultó su reloj—. Muy tarde. Así que váyase a casa, duerma un poco y tráiganos las pruebas por la mañana.

Clay asintió. Fumaba mordisqueando el filtro del cigarrillo. Se puso en pie. Tendió la mano a Mía y luego a Brendan. Ambos se la estrecharon. Luego se dio media vuelta y se dispuso a salir. No había agarrado el pomo cuando se giró para preguntar:

—Creen que... ¿creen que corro peligro?

—A menos que esa tal Glanton haya contratado a otro sicario, suponiendo que eso fuera lo que ha hecho, no —dijo Mía.

—¿Y si lo ha hecho?

—Haremos que lo lleve a casa un coche patrulla.

—Uh, bien —dijo Clay.

—Hasta mañana, señor Gómez —dijo Mía.

—Hasta mañana —dijo Clay, y salió.

—¡OH, DIOS! —bramó Mía—. Estoy muerta, Bren.

Mía Rubio subió sus botines de ante granate a la mesa y echó un vistazo a la declaración de aquel tal Nogueiros mientras apuraba el cigarrillo.

Lo maté, pero no quiero volver al instituto, decía.

Por favor, no me envíen de vuelta al instituto, decía.

Caso de chiflados, pensó Mía.

35

Una estúpida serie de televisión sobre extraterrestres de tres cabezas

Darin, la compañera de Clay en la agencia de noticias, tenía una pecera llena de peces de colores. Uno de ellos, el pequeño Dink, estaba agonizando. Llevaba tres semanas agonizando. Estaba hinchado como una bota. Pero Darin había visto morir a demasiados de aquellos escamados abrebocas para sentir lástima. Sólo esperaba el momento. Estaba viendo una estúpida serie de televisión sobre extraterrestres de tres cabezas y esperando el momento. Quería poder retirar el pez entero y no lo que quedara de él tras el probable festín de sus compañeros. Hojeaba una revista para chicas y se preguntaba por qué no había vuelto Clay de su entrevista.

—¿Todavía te gusta ese tío raro? —le había preguntado Mamen hacía un minuto. Mamen era su mejor amiga.

—No es raro —había dicho Darin.

Estaban hablando por teléfono.

—Es raro. Y además, ¿no se fue con Miss-Soy-Una-Zorra la otra noche? —Mamen conocía a Liz Garo. Habían ido juntas a clase en la universidad.

—Sí —había dicho Darin.

—Pues declárate oficialmente ofendida. Pasa de él. Ni lo mires.

—¿Y a quién miro entonces?
—A ese otro. ¿Cómo se llama?
—¿Gonzalo? Es un engreído. Ni siquiera me mira.
—Mucho mejor.
—Me estoy deprimiendo.
—¿Por ese tío raro? Créeme, no te merece, cariño.

Mamen no tenía ni idea. Si alguna vez había conocido a un tío que valiera la pena, ése era Clay Gómez. Sólo que estaba demasiado preocupado por su trabajo, las teclas, el escribir. Darin también escribía, de hecho, algún día sería una reputada autora de novela erótica, pero por entonces todavía no se había atrevido a enseñarle a nadie sus escritos.

Dink seguía agonizando.

Y en la tele, uno de aquellos extraterrestres intentaba convencer a sus padres de que casarse con una terrícola no tenía nada de malo.

Entonces sonó el teléfono.

Eran casi las tres de la mañana.

—Oh, Dios —se dijo, y alargó la mano hasta el aparato.

Descolgó.

—Hola —dijo Clay—. Lo, lo siento, Darin, es un poco tarde, ¿no?

—Oh, no —dijo ella. La revista resbaló y cayó al suelo con un pequeño BUM.

—¿Qué ha sido eso?

—Nada —dijo la chica.

—¿Te he despertado? —preguntó Clay.

Darin podía oír el tecleo de Clay al otro lado de la línea.

—¿Estás escribiendo? —le preguntó.

—Sí, tengo que entregar un artículo.

—¿Todo bien?

—No. —Clay dejó de escribir, cogió bien el auricular, que hasta el momento había sostenido entre su hombro y su oreja—. ¿Recuerdas la llamada de la otra noche? Cuando me preguntaste quién no había muerto, ¿la recuerdas?

—Ajá.

—Me he metido en un lío, Darin.

—¿Qué clase de lío? —Darin estaba pensando en Liz Garo.

—¿Puedo ir a tu casa? —Clay le dio una calada desesperada a uno de sus Sunrise.

—¿Ahora?

—Tengo que salir de aquí.

—¿Qué demonios pasa?

—Tengo una bomba, Darin.

Clay había llamado a Frank, su jefe en el *New York Times*. Le había contado toda la historia. Frank había estado a punto de volverse loco. Había gritado:

—¡TIENES UNA BOMBA, MUCHACHO! ¡UNA BOMBA!

Y luego había colgado.

Al poco, el teléfono de Clay había vuelto a sonar.

—Escríbeme tres páginas. Tienes dos horas. Todavía llegamos a primera edición. Tengo a Vito trabajando en página y media sobre la biografía de Vendolin Woolfin. Tú cuenta todo lo demás. Dos horas.

—De acuerdo, Frank.

—Muy bien.

—Una cosa, Frank.

—Dime.

—Necesito salir de aquí.

—Escóndete esta noche. Mañana ya no tendrás de qué preocuparte.

—¿No? ¿Y si Roberta Glanton ya ha dado la orden?

—¿Qué orden?

—La orden de acabar conmigo, Frank.

—Nah, ¿tú crees?

—No lo sé, Frank.

—Tú escribe, Clay.

Así que Clay colgó y se puso a escribir. Estaba terminando el artículo cuando oyó algo, puede que unos pasos, una tos seca, un chasquido, una llave en la cerradura, OH, DIOS, al otro lado de la puerta, y se mantuvo en silencio, sin apenas moverse, durante un cuarto de hora. Las lágrimas le rodaban mejillas abajo.

—Voy a morir —se susurró.

Un cuarto de hora después empezó a sentirse estúpido.

Pero seguía muerto de miedo.

Así que llamó a Darin.

—¿Una bomba? —preguntó la chica.

—¿Te vendrías conmigo a Nueva York, Darin? —Clay estaba susurrando aquello, le parecía haber oído a alguien arrastrarse en la cocina.

—¿Nueva York?

—He descubierto algo y mi vida corre peligro, Darin.

—¿Qué?

—Estoy pensando en volver a Nueva York. Y me gustaría que vinieras conmigo.

—¿A qué viene eso ahora?

—¡Acabo de decírtelo! ¡He descubierto algo! ¿Recuerdas la llamada de la otra noche?

—Me estás asustando, Clay.

—Tenemos que salir de aquí.

—¿Yo? ¿Por qué?

—Tú no. —Clay tartamudeó, se sacó un cigarrillo mojado del bolsillo, se lo puso en la boca, sujetando el teléfono entre el hombro y la oreja—. Yo tengo que salir de aquí. Y me gustaría que vinieras conmigo.

—¿Qué pasa, Clay?

—Déjame ir a tu casa y te lo contaré —dijo Clay.

—¿Has bebido?

—¡No! —Clay se quitó el cigarrillo de la boca—. Escucha, envío el artículo y me reúno contigo en tu casa. Te lo cuento todo y luego decides si quieres venir conmigo.

—No puedo irme, Clay, ¿y mi trabajo?

—No te preocupes por eso.

—¿Que no me preocupe?

—Quiero sacarte de aquí, Darin.

—¿Por qué?

Darin trató de recordar qué hacía viendo aquella estúpida serie mientras esperaba la respuesta de Clay. El extraterrestre de tres cabezas y su novia terrícola parecían estar cenando en casa de los padres de él y uno de sus hermanos no hacía más que tomarle fotografías a la chica.

—¿Clay?

El extraterrestre acababa de quitarle la cámara a su hermano. Y, antes de que pudiera reaccionar, la tiró por la ventana.

—Porque me gustas —dijo Clay.

Darin sonrió. En la pantalla, la terrícola besó al extraterrestre en la boca. En una de sus tres bocas. Y las otras dos sonrieron.

En la pecera, el pequeño Dink acababa de (PLOM) palmarla.

36

Creo que voy a fugarme con usted

La secretaria de Don García, una joven de pelo corto y exultantes ojos verdes, estaba en casa, envuelta en una manta, removiendo una enorme taza de chocolate caliente y viendo la misma serie de extraterrestres de tres cabezas que veía Darin. Se había preguntado un par de veces esa noche qué estaría haciendo el doctor en aquel preciso instante y se había respondido que probablemente estaba leyendo. Aquella Biblia de Breud, tal vez. Le había visto hojearla y discutir con aquel tipo que colgaba de la pared. Imaginó que en casa debía tener otra foto igual y que discutía hasta altas horas de la noche con él. Trató de buscarle un hueco en su pequeño apartamento, aunque sabía que nunca vivirían en él, porque la vieja Destina se lo había dicho, como también le había dicho que algún día se casarían, tendrían una pequeña consulta, tres gatos, dos perros, treinta tortugas de agua y veranos de vacaciones en las Galápagos.

Pero la vieja Destina se equivocaba.

Su bola de cristal no era más que eso, una bola de cristal.

Porque Don García jamás tendría treinta tortugas de agua.

Y tampoco se casaría con su secretaria, sino con aquella mujer con cara de perro aburrido. Sí, Erlinda Lago. Erlin había pasado la noche con Don. Mejor dicho, había estado dando vueltas en la cama de Don, manteniendo esquizoides conversaciones con Vendolin Woolfin en su cabeza, mientras el doctor veía una y otra vez la escena (BANG-BANG-BANG), todos aquellos disparos atravesando a ese hombre, ese pobre hombre que jamás volvería a ¿qué? ¿Afeitarse?

—Mañana me llevará a casa a primera hora. Y luego iremos a un sitio —había dicho Erlin en mitad de la noche, poco antes de que Don, al fin, consiguiera conciliar el sueño, tras engullir media botella de brandy Newman.

Y eso era lo que acababa de hacer.

La había llevado a casa.

Eran las nueve de la mañana.

Don tenía que estar en el despacho a las diez.

—¿Quieres que te espere? —le había preguntado.

Don esperaba que desayunaran juntos.

Erlin esperaba mucho más.

—Por supuesto —dijo la mujer. Luego desapareció.

Subió a casa, metió toda su ropa de verano en una maleta, luego metió todos sus libros en otra y salió. El teléfono (RING RING) no dejó de sonar mientras daba vueltas por la casa (RING RING). Antes de salir, se sirvió de un imán, un recuerdo de un viaje a Soria, para dejar colgada en la nevera la nota que había escrito para Rex. Un escueto: NO TE SOPORTO, en mayúsculas cabreadas.

Luego había vuelto al coche.

—¿Qué es eso? —preguntó el doctor, al verla llegar cargada con las dos maletas.

—Conduzca.

—¿Cómo?

—No pregunte. Conduzca, señor García —dijo Erlin, cruzando los dedos para que no hubiera agentes apostados en la puerta de su casa.

Por cierto, Erlin y Rex vivían justo enfrente de El Capitán Avena Loca.

—¿Adónde voy? —preguntó Don, asiendo inquieto el volante de su pequeño Rover.

—Al aeropuerto —dijo Erlin.

—¿Qué está pasando, Erlin?

—Creo que voy a fugarme con usted —dijo ella.

—¿Fugarse?

—Eso he dicho.

—¿Por qué habría de fugarse?

—Si no pregunta no le mentiré.

—¿Ha hecho algo malo? —Don miró a la mujer. Su piel, aquella piel áspera y a la vez deliciosa, se arrugó en una mueca de disgusto.

—¿No me ha oído? No pregunte si no quiere que le mienta.

—Entiendo —dijo Don. Volvió a mirar a la carretera—. ¿Tu... tuvo algo que ver con lo que pasó anoche? ¿Usted... tuvo algo que ver?

—Estaremos fuera un tiempo.

—¿Y la consulta?

—Puede llamarles cuando lleguemos. Dígales que se va de vacaciones.

—¿De vacaciones? ¿Cuánto tiempo?

—El que sea necesario. —Erlin miraba al frente, seria.

Estaba segura de que Rex había creído que aquel tipo rubio era Don.

Su amante.

Y por eso lo había agujereado.

—¿Y adónde iremos? —preguntó Don.

—Lejos —dijo Erlin.

Quiso la casualidad que acabaran en las islas Galápagos.

El lugar con el que soñaba la secretaria de Don.

A veces el destino parece un niño travieso.

Y así, tras diecisiete horas de avión (demasiadas escalas), Erlin y Don aterrizaron en Guayaquil y, mientras esperaban al barco que debía conducirles a la isla de Santa Rosalía, Don se dirigió a un kiosco y compró un par de revistas y un periódico. El periódico, por cierto, se llamaba *Guayaquil Hoy* y estuvo a punto de acabar con Erlinda (seis años antes de que el tiburón blanco que adoptaría Don se la tragara para siempre).

—No puede ser —dijo la ex librera, tras leer el titular de portada.

Una información basada en un reportaje publicado por Clay Gómez, del New York Times, *se leía en el subtítulo.*

—¿Qué? —Don hojeaba una de las revistas, *Zoología para Principiantes*.

—Esa maldita Rich tenía razón —añadió.

Aunque, debido a las limitaciones de espacio de *Guayaquil Hoy*, nunca descubrió que el tipo que le había besado la mano, el tipo que tan efusivamente le había dado las gracias y al que Rex había acabado agujereando creyendo que se trataba de su amante, era, en realidad, Vendolin Woolfin.

La misma Vendolin que hablaba en su cabeza.

No había ni una sola fotografía. Aunque sí se hablaba del asesinato, a manos de un sicario, que Erlin nunca relacionaría con su marido.

—¿Se encuentra bien? —le preguntó Don aquella mañana.

—Sí, señor García. Me encuentro bien. Muy bien. —Erlin echó entonces un vistazo al mar, que se acercaba y se alejaba, iba y venía, lo mismo que su prometedor futuro como forajidos atrapados en una isla desierta.

Y pensó: No, no es cierto.

No me encuentro bien.

Estoy sola, siempre lo he estado.

¡Oh, maldita Vendolin!

¿Realmente nunca estuviste ahí?

De repente, Erlin tomó una de las manos de Don entre las suyas, frías, ásperas, deliciosas, y dijo:

—Me siento... No sé, libre.

Y Don, que acababa de caer en la cuenta de que se había dejado a Karl en el despacho, con lo que estaba lejos, muy lejos, dijo:

—¿Sabe qué? Yo también.

Erlin le miró.

—¿Usted también?

—Eso he dicho —dijo el doctor, la revista de *Zoología para Principiantes* sobre las rodillas, la figura del barco que debía alejarles aún más de aquel rincón del mundo recortándose en el horizonte.

Erlin sonrió. Y luego dijo:

—¿Sabe? Creo que deberíamos tutearnos.

—Sí —dijo Don, algo asustado por el poder que aquella increíble, maravillosa mujer desprendía—. Puede llamarme Don.

—Usted puede llamarme Erlin. —Erlin liberó una de sus manos y se la tendió al psiquiatra, que la estrechó con gusto, y añadió, emocionado:

—Y ahora que lo hemos aclarado todo, ¿querría casarse usted conmigo?

37

Roberta Glanton se muda a otro planeta

En su mansión de cinco plantas, tres mayordomos y siete amas de llaves, que eran a su vez cocineras, limpiadoras, planchadoras, preparadoras físicas, dietistas, bibliotecarias y contables, Roberta Glanton redactaba su nota de suicidio abrazada a su osito de peluche. No había pegado ojo en toda la noche. Había estado viendo un capítulo tras otro de aquella estúpida serie de extraterrestres de tres cabezas, mirando el teléfono y rezando oraciones de la secta a la que pertenecía (Agentes Por Un Nuevo Mundo) para que algo fallara. Rezando para que Francis descubriera las intenciones del enano y fuera capaz de reducirlo antes de que apretara el gatillo. Rezando para que el teléfono sonara y la voz de Francis, oh, Francis, TE AMO, le dijera:

—La próxima vez contrata a alguien de mi tamaño, pequeña.

Y ella rompería a llorar, pero también se reiría, se reiría y le diría:

—Lo siento, querido. ¡No sabes cuánto LO SIENTO! —JIUJIUJIU—. Te prometo que no habrá próxima vez, no la habrá porque TE AMO, ¡TE AMO! Quiero que te cases conmigo, ya he pensado en mi regalo, oh, Francis, querido, es lo que querías, tu reconocimiento, LA FAMA, ¡pienso reeditar toda la obra de Vendolin Woolfin con tu nombre!

Llevada por la emoción del momento, Roberta incluyó ese diálogo imaginario en su nota de suicidio. Estaba pensando en la respuesta de Francis cuando sonó el teléfono. El teléfono. Francis. Profirió un grito, se echó a llorar y descolgó.

—¡QUERIDO! —bramó.

—¿Robbie?

—¡OH, FRANCIS, TE AMO! ¿PODRÁS PERDONARME ALGÚN DÍA?

—¿Estás bien, Robbie?

—¿Francis?

—Soy Liz, Rob.

—Ooooh, Liz. —Roberta se enjugó una lágrima.

—¿Quién es Francis, Robbie?

—Nadie.

—Oh, vamos, acabas de decirme que lo amas.

—No es nadie, Liz —dijo la ex agente, hundida.

—Pues casualmente anoche conocí a un tal Francis. Era muy guapo. Y no lo hacía nada mal. Era un buen chico. Caliente. Ya sabes.

—¿De qué estás hablando, Liz?

—Me lo presentó Clay. Estaba tomando una copa con él. —Liz le guiñó un ojo a su detective atlético, sí, el mismísimo Brendan Buque, que acababa de despertarse. Liz se metió en el cuarto de baño y bajó la voz—. Era escritor.

—¿Escritor? —Eh, un momento, ¿Clay? ¿Francis y Clay? ¿Tomando una copa?—. Liz, dime que estás bromeando.

—No estoy bromeando, Rob.

—Oh, Dios mío.

—Quiero todo lo que le prometiste a Clay.

—¿QUÉ?

—Francis está muerto.

—No. —Roberta dejó caer el auricular. Se miró las manos. De repente, no estaban ahí. El mundo se volvió borroso. Sollozaba.

—Sí, Robbie. Francis está muerto y yo estoy pensando que a lo mejor a la policía le interesaría saber que le prometiste a Clay un retiro a cambio de no contar lo que ese tipo pensaba contarle. —Roberta recogió el auricular. Aun así la había estado oyendo.

—¿Lo sabes?

—Quiero lo que le prometiste a Clay.

—Creí que éramos amigas, Liz. —A Roberta le falló la voz al final de la frase.

—Lo siento, Rob, pero yo no he matado a nadie. —Liz sonrió—. Quiero un millón y un sustancioso contrato por tres libros. Quiero que lo ingreses todo en mi cuenta, espera, te daré el número, sí, aquí lo tengo, anótalo...

Roberta lo anotó en su carta de suicidio.

—¿Lo tienes?

—Sí, Liz, lo tengo.

—Muy bien. Ahora voy a tomarme unas vacaciones. ¿Te parece bien? ¿Crees que las merezco? Apuesto a que sí. Si fuera tú también me las tomaría. Saldría a celebrarlo. ¿Por qué no llamas a tu ex, querida? Puede que tenga la noche libre...

—Vete a la mierda, Liz.

—Eh, Rob, quiero ese dinero en mi cuenta a primera hora de la tarde.

—Claro, zorra estúpida —dijo Roberta, y lanzó el teléfono contra la pared. Luego gritó—: ¡MALDITA ZORRA ESTÚPIDA! OH, FRANCIS, FRANCIS, LO SIENTO, lo siento, cariño...

—¿Se encuentra bien, señorita Glanton? —Ésa era una de sus siete amas de llaves, dietista y contable. Hablaba desde el otro lado de la puerta de su despacho.

—Sí, Marisa, estoy bien. Muy bien.

No dándose por vencida, la mujer empujó la puerta y se encontró a la ex agente bebiendo a morro de una botella de vodka.

—¿No me ha oído? —dijo Roberta.

—No debería usted hacer eso.

—¿Sabe una cosa, Marisa? Voy a dejar mi dieta. Voy a dejarlo todo. Me mudo a otro planeta. —Luego le tendió su nota de suicidio—. Transfiera un millón a este número.

Marisa echó un vistazo al pedazo de papel.

—¿Qué es esto, señorita Glanton?

—Una estupidez. Haga lo que le digo. —Roberta le dio otro trago a la botella.

La mujer asintió. Cobraba demasiado para poner en duda cualquier orden de aquella lunática.

—Ah, sí, señorita Glanton. Casi lo olvido. Ahí fuera hay unos periodistas que quieren verla. De la televisión.

—¿La televisión? —Roberta corrió la cortina de su despacho, situado en el ala este de la tercera planta de su mansión, y vio a un pequeño grupo de periodistas y cámaras junto a la puerta de entrada—. ¿Qué pasa? ¿He ganado algún premio?

La mujer se encogió de hombros.

—¿Les digo que esperen?

Roberta le echó un vistazo a su reloj de pulsera. Eran casi las tres. Buena hora para una conexión en directo. Apuró la botella y contestó:

—Dígales que enseguida bajo.

Tal vez me hayan concedido el Mérito a la Edición Temeraria; después de todo, Glanton Ediciones fue el sello que más publicó el año pasado. El alcohol le había hecho olvidar por un momento la llamada de Liz y su miserable chantaje, pero no había hecho que olvidara a Francis. No podía dejar de pensar en él. Tal vez me reúna con él, se dijo, mientras bajaba por las escaleras, agarrándose al pasamanos.

—Sí, recogeré ese premio y me reuniré contigo, pequeño —se dijo en voz alta ante la puerta de entrada.

Uno de los tres mayordomos y dos de sus siete amas de llaves la oyeron, pero ninguno de ellos sabía a lo que se refería entonces. De haberlo sabido, lo habrían impedido, pues estaban a punto de perder el empleo mejor pagado que serían capaces de encontrar.

—Abra la puerta —le dijo Roberta a un mayordomo, embutida en un traje chaqueta rosa palo, con blusa blanca a lunares de color rosa pálido a juego con el traje.

—¿Está segura, señora?

—¿Por qué no iba a estarlo? Todavía no he visto a nadie comerse a nadie, querido. Y mucho menos en directo. —El mayordomo le señaló la botella, que seguía en su mano derecha—. Oh, claro, qué estúpida.

Roberta le alargó la botella. El mayordomo sonrió, la recogió y se largó. Una de las amas de llaves abrió la puerta. Empezó el ruido de flashes. Roberta esbozó su mejor sonrisa. La cabeza le daba vueltas. Le apetecía un trago.

—Señorita Glanton, señorita Glanton, ¿cómo se siente? —la pregunta provenía de una altísima reportera encajada en la primera fila. Había demasiada gente ahí fuera. Y ninguno de ellos estaba sonriendo. Se supone que cuando a alguien le dan un premio, todo el mundo sonríe y no pone cara de estar a punto de devorar un buen bistec. ¿Qué demonios pasa? ¿Que cómo me siento?

—Estupendamente —dijo Roberta, ya rodeada por una decena de periodistas, con sus micrófonos, sus grabadoras y sus cámaras.

—No sabe nada —oyó que comentaba uno.

—Es imposible —le respondió otro.

Con los sentidos alterados por el vodka, Roberta les vio relamerse, morderse los labios, sonreír maléficamente y, al fin, oyó que alguien preguntaba:

—¿Y qué me dice del presunto montaje Woolfin?

—¿El montaje? ¿Qué montaje? —A Roberta se le heló la sangre en las venas.

Otra de las reporteras, la del micrófono naranja, una morena demasiado delgada para ser algo más que una escoba maquillada, le mostró la portada del *New York Times*. Y entonces Roberta cayó en la cuenta de que el chantaje de Liz no tenía sentido. Y no lo tenía porque Clay había escapado con vida. Francis había muerto pero Clay no, y Francis había muerto después de concederle aquella maldita entrevista a Clay. Así que ahí estaba. El titular. Gigantesco:

VENDOLIN WOOLFIN NO EXISTE

> La escritora fue inventada por la ex agente Roberta Glanton y uno de sus amantes.
>
> Sus obras eran en realidad una versión rosa de las de Virginia Woolf.
>
> Clay Gómez entrevista en exclusiva a la verdadera Vendolin Woolfin, un detective gigoló que fue asesinado poco después, presumiblemente por un marido celoso.

—Lo siento. —La cabeza le daba vueltas. ¿Por qué no puedo desaparecer? Ahora, quiero irme, ¡YA!—. No sé de qué me hablan.

Roberta devolvió el periódico.

—Y ahora si me disculpan. —Roberta se despidió de los flashes, las cámaras y los micrófonos. De la luz del sol y del frío tacto del asfalto en sus retinas—. Tengo cosas que hacer. Pueden solicitar entrevistas si lo desean. Los atenderé con mucho gusto. Ahora no es el momento.

—Pero, señorita Glanton...

—Señorita Glanton...

—¿Es cierta la historia de Clay Gómez?

—Señorita Glanton...

—Denos un titular, señorita Glanton...

—¿Un titular? —Roberta lo pensó un segundo—. ¿Quieren un titular? ¿Y qué es un titular? ¿Qué es un escritor? ¿Y una novela? ¿Saben cuántos autores de los que creen haber leído toda su obra no existen? ¿Se han preguntado alguna vez qué hay de cierto en las biografías que se escriben en las solapas de una novela? ¿Saben lo fácil que resulta inventar? Puede que Vendolin Woolfin no naciera en Londres ni se acostara con sus libros favoritos, pero existió un fabuloso escritor llamado Francis Dómino que renunció a la fama sabiendo que su universo, el universo Woolfin, necesitaba de una leyenda para dar la vuelta al mundo. ¿Y van a culparme por eso? ¿Van a culparle a él por eso? Al fin y al cabo, ¿quién era Vendolin Woolfin? ¿Y a quién le importa, en realidad?

—Oh, mierda, se me ha acabado la cinta —dijo uno de los reporteros.

—Lo tenemos —dijo uno de los cámaras.

—Es suficiente —dijo la rubia.

—¿Suficiente? —Roberta tenía un nudo en la garganta—. ¿Suficiente?

—Sí, gracias —dijo otro.

Los reporteros desconectaban micrófonos y grabadoras, las cámaras bajaban del hombro, se hacían llamadas a redactores jefe, y la jauría se felicitaba, olvidando que el cadáver informativo seguía presente.

—¿Señora? —Roberta salió de su ensimismamiento. El mayordomo que se había llevado la botella de vodka sostenía un teléfono inalámbrico—. Es para usted.

Roberta entró en la casa. Cerró la puerta a sus espaldas. Los periodistas seguían ahí fuera, rebobinando cintas y sonriendo. La ex agente y editora se arrepintió de todo lo que había dicho. Se lo había puesto demasiado fácil. Se había servido en bandeja.

Cogió el teléfono.

—¿Diga?

—Soy yo, señora —dijo una de sus siete amas de llaves; en concreto, la preparadora física—. La llamo desde el cobertizo. Acaban de preguntarme por usted un par de agentes de policía. Se dirigen a la casa.

—¿Po-policía?

—Señora, están llamando al timbre.

—Al...

El timbre (DING DONG) acababa de atronar a sus espaldas.

Roberta colgó.

Le tendió el teléfono a su mayordomo y dijo:

—No abras. Todavía no.

Luego subió las escaleras apresuradamente, sin decir una palabra. Se detuvo en la tercera planta, pero luego lo pensó mejor y siguió subiendo. Francis se había alojado en una especie de buhardilla, forrada en madera, que Roberta había hecho construir en la quinta planta para estancias de escritores o amantes de tendencias literarias. Decidió que lo haría allí. ¿El qué?

Reunirse con Francis.

Pegarse un tiro.

Mudarse a otro planeta.

Y eso fue lo que hizo.

(BANG).

38

«Never Going Back Again»

Wen despertó a mediodía envuelta en su capa blanca. Su madre estaba sentada a la mesa de su despacho, en realidad su cuarto, bebiendo aquel extraño brebaje alemán que había comprado en el aeropuerto, y tarareando una canción de Fleetwood Mac. No tenía buen aspecto. Sus zapatos, aquellos zapatos amarillos que sólo se ponía en ocasiones especiales, descansaban uno en el suelo y otro sobre el sofá de juguete del pequeño Earl. Y sobre la mesa se extendía su capa roja, aquella que se había cosido a sí misma cuando Wen cumplió los cinco años y que había llevado puesta en más de una ocasión, con una vieja camiseta de Supermán y una falda roja, con el único fin de que su hija no acabara convertida en una aburrida chica del montón.

—¿Mamá?

Marion ni siquiera levantó la vista, se limitó a responder:

—¿Cuándo piensas presentarme a este chico tan guapo?

Se estaba refiriendo a Kirk Cameron. Estaba mirando la fotografía enmarcada que Wen tenía sobre la mesa.

—¿Qué pasa, mamá?

—Tu padre se ha ido —dijo Marion.

—¿Papá?

Marion cerró los ojos, asintió, apuró el vaso.

—Tu padre.

—¿Por qué? —Wen se incorporó, le ardía el ojo, su ojo derecho, que no era un ojo aquella mañana sino una pelota de ping-pong de color violeta hecha de plastilina.

—No lo sé. —Marion se encogió de hombros—. Lo único que hice fue pedirle que buscara otro trabajo.

—Ya no tiene que hacerlo. Yo buscaré un trabajo.

—Demasiado tarde —dijo Marion, poniéndose en pie. Se sirvió otro vaso de aquel orujo alemán y miró por primera vez a su hija aquella mañana—. Cariño, ese ojo no tiene buen aspecto.

—Ya. Lo sé.

—¿Tu súper caso? —preguntó la madre, demasiado borracha para preocuparse por un ojo morado y un par de cortes en la cara.

—Sí. —Wen se puso en pie, se acercó a su madre—. Mamá. Tengo que decirte algo.

—Adelante —dijo Marion. Y le dio un sorbo al vaso echando hacia atrás la cabeza. Al acabar soltó un suspiro de placer.

—Soy una supervillana.

—¿Tú? —Marion se rió. Wen pensó que tenía una risa bonita—. No me hagas reír, cariño.

—Por mi culpa Ed Meyer está muerto.

Marion sonrió. Luego estalló en carcajadas.

—A lo mejor voy a la cárcel —dijo Wen—. Lo dijo la detective. Anoche estuve en comisaría.

—Claro —dijo Marion, y apuró el vaso.

—¿Sabes por qué no existen los superhéroes, mamá? Porque todo el mundo se ríe de ellos —dijo Wen—. Por eso todos acaban siendo supervillanos.

—Pero ¿qué demonios estás diciendo? ¿Y qué hay del Universo Kramer? ¿Qué hay de nosotras dos? ¿Y de tu padre?

—No somos superhéroes, mamá.

—¡Claro que lo somos! ¡Mírame! —Marion se puso la capa a la espalda—. ¿No te acuerdas? ¡Súper Mamá Kramer! ¡Súper Chica Kramer! ¿No te acuerdas?

—Mamá.

—Qué.

Por un momento, los ojos azules de Wen se encontraron con los de su madre y les dijeron: Déjalo, ¿quieres?

—No —dijo Marion—. Sé lo que vas a decirme y no quiero que me lo digas. Me pondré mi traje y saldremos.

—Mamá...

—Vístete, cariño. —Marion se llevó la mano derecha a la cara y se puso las gafas sin cristales de Ron—. Nos vamos.

—No quiero salir, mamá —dijo Wen.

Marion cogió a su hija de la mano.

—Claro que quieres.

Pero Wen no se movió.

—Vamos, Wendolin. —Marion tiró de su hija.

—Estás borracha, mamá.

—¿No quieres venir? Muy bien. —Marion se tambaleó, soltó la mano de su hija y se agarró a la botella—. Tú te lo pierdes, cariño.

—Deberías hablar con papá —dijo Wen.

—Nah. Que se ocupe él solito de Cafetera Atómica.

—Mamá. —Wen la miró como se mira a los chiflados y añadió—: No existe Cafetera Atómica.

Marion sonrió.

—Creí que lo pasábamos bien —dijo.

Marion sabía que aquel día llegaría, pero siempre había creído que se limitaría a pasar de largo y que ella pondría la misma sonrisa triste del monstruo que sabe que puede deshacerse del disfraz bajando la cremallera que recorre su espalda. Y que, luego, nada iba a cambiar.

Marion siempre había pensado que lo mejor para ella era lo mejor para Wen.

Incluida aquella estúpida doble identidad y aquel alemán macarrónico.

—Ya no —dijo Wen.

—Claro, cariño. Mejor en otro momento. —Marion se agarró al pomo de la puerta.

—No me has escuchado, ¿verdad?

—Claro que sí.

—He dicho que ha muerto un hombre por mi culpa. Y esta vez no es una súper aventura de Súper Chica. Es real. Ha muerto un hombre, mamá. Por mi culpa.

—Ya, bueno, ¿y por qué no te mudas a Planeta Remordimiento una temporada? —Marion se abrazó a la botella y salió de la habitación—. Por cierto, Oliver está en el salón. Gus, ¿por qué no le presentas a Oliver, cariño?

—No es Gus, es Munk, mamá —dijo Wen, a regañadientes mientras recorría el pasillo en dirección a su habitación. Por primera vez deseó poseer realmente los poderes de Súper Chica para ¿qué? ¿Darle una lección a su madre? ¡Por todos los poderes cósmicos! ¿Y si me he convertido de veras en una supervillana?, pensó la chica.

Y, como si acabara de sintonizar con una frecuencia de radio lejana, algo chisporroteó en la habitación (aunque en realidad lo hizo en su cabeza, como parte de un ficticio episodio telefónico con el que Wen llevaba soñando desde los ocho años) y Wen oyó claramente la voz de Kirk Cameron, en su versión doblada, por supuesto, tal y como había sonado en *Los problemas crecen*, aquella serie de risas enlatadas sobre una familia perfecta con una canasta de baloncesto en el garaje.

—Lo único que pasa es que eres una blandengue —dijo Kirk.

—¿Kirk? ¿Eres tú? —Wen se acercó a la fotografía que había sobre su escritorio. La alzó a la altura de su cara e imaginó que movía los labios y decía:

—Claro que soy yo.

—Oh, vaya. —Wen se ruborizó—. ¿Por qué no contestas mis cartas?

—Soy bastante descuidado. Lo siento.

—¿Y por qué dices que soy una blandengue?

—¿No te suena a nada lo que acaba de pasarte?

—¿Lo de mamá?

—Nah. Lo de ese tal Francis.

—Ed Meyer.

—Francis Dómino.

—Sí.

—¿Te suena entonces?

—¿A qué?

—A Peter Parker.

—¿Por qué habría de hacerlo?

—Porque Peter Parker estuvo a punto de convertirse en un supervillano.

—Nah.

—Escucha, ¿qué hizo Peter Parker cuando descubrió que tenía poderes? Ponerse a ganar pasta fácilmente en combates de lucha libre como el Hombre Araña, Spiderman, claro. Estaba clarísimamente destinado a convertirse en un supervillano.

—Nah. No sé, ¿tú crees?

—Claro. —Kirk frunció el ceño, asintió—. Pero ¿qué pasó luego?

—¿Qué pasó?

—Presenció un robo estúpido y dejó escapar al ladrón. Después de todo, no era asunto suyo. Como tú misma hiciste con esa vieja el otro día.

—¿La que escupía en la calle?
—Ajá.
—¡No es lo mismo!
—Tienes razón. Pero lo importante es lo que viene luego. Peter Parker dejó escapar al ladrón y ese ladrón se cargó a su tío Ben. Si lo hubiera detenido a tiempo, si hubiera cumplido con su deber de superhéroe, su tío seguiría vivo.
—Ya, ¿y qué tiene eso que ver conmigo?
—¿No lo ves? Tú no mataste a Francis, lo mató el señor Piscis. Tú sólo cometiste el error de ayudarlo a que lo hiciera. Te tendieron una trampa. ¿Cómo podías saberlo?
—¿Una trampa?
—¿Sabes por qué Peter Parker acabó convirtiéndose en un superhéroe y no en un supervillano?
—No. —Wen parecía asombrada. Se estaba escuchando a sí misma razonar a través de un pedazo de papel que en su cabeza tenía la voz de Kirk Cameron.
—Porque sintió remordimientos.
—Planeta Remordimiento —dijo Wen.
—Exacto. —Kirk sonrió—. Un supervillano nunca sentiría remordimientos.
—Y yo los siento —dijo Wen.
—Por lo tanto, no eres una supervillana.
—¿No lo soy?
—Pregúntale a Marvin si no me crees —dijo Kirk, satisfecho de su breve intervención—. Lo único que pasa es que eres una blandengue.
—No soy una blandengue —dijo Wen.
—Claro que sí.
De nuevo aquel chisporroteo. Un (CLIC) y nada más.
Ni un hasta otra.
—¿Kirk?
Nada.

—¿WEEEEN? —Ésa era Marion, desde el salón—. Ven a ver esto, cariño.

Hundida en el sofá, Marion Kramer apuraba la botella de orujo alemán y escuchaba las últimas noticias sobre el fenómeno Woolfin. A su lado, el pequeño Earl le rascaba el lomo a Oliver, el gato sin dientes. El huraño y menudo rusty había recuperado su buen humor. Era cuestión de tiempo que recuperara su Hueso de Oro y que los Kramer sortearan aquel bache económico.

—¡Te lo estás perdiendo, Weeeen! —bramó Marion.

Pero Wen ya no estaba en casa.

Se había quitado la capa y había salido volando. Volando escaleras abajo.

39

El mundo es un lugar horrible

Caminando con las manos en los bolsillos, la cabeza baja y el flequillo, aquel flequillo maloliente, rozándole la punta de la nariz, Marvin Rodríguez, el tipo que odiaba a su madre y a Marvin Gaye, se dirigía al Daily Bugle, su tienda, no el periódico para el que trabajaba Peter Parker. No había conseguido pegar ojo en toda la noche y en aquel preciso instante, mientras encendía un pitillo, acababa de caer en la cuenta de que la chica del bar, el bar en el que solía desayunar cada día un café con leche y un donut de chocolate, lo había mirado mal, lo había mirado muy mal cuando le había preguntado:

—¿No has pensado nunca en desaparecer?

—¿Desaparecer?

—Sí. Desaparecer. Y no me refiero a como cuando Súper Chica encontró aquella moneda del Planeta Invisible.

—¿Súper Chica?

Marvin se había apresurado a añadir:

—Me refiero a irte lejos.

¿Y qué había pasado luego?

Pues que la chica, una brasileña morena, delgada, de cejas demasiado bien dibujadas y nariz diminuta, había fruncido el ceño y había dicho:

—Supongo que sí.

—Súper Chica siempre se está yendo lejos —había dicho Marvin.

Y entonces ella, la chica de las cejas de rotulador, lo había mirado mal.

Muy mal.

No había que ser un hongo telépata para saber lo que estaba pensando.

Lo que pensaba era:

Menudo chiflado.

El mundo era un lugar horrible.

Marvin caminaba, con las manos en los bolsillos, el flequillo sobre la nariz, el cigarrillo en la boca, notando que se le nublaba la vista recordando aquel día en que

pero yo no soy Súper Chica

había creído que podía convertirse en Ed Meyer, y convertirla a ella en Mary Jane, sin que importara que el mundo a su alrededor no estuviera hecho de viñetas, sin que importara que el mundo, aquel mundo sin superhéroes en el que les había tocado vivir, se hubiera propuesto devorarles (ÑAM), devorarles a todos (ÑAM ÑAM).

Y ella había dicho

pero yo no soy Súper Chica

aquello, y le había roto el corazón.

El mundo era un lugar horrible.

—¿Marvin?

Con su mano de dedos amarillentos, Marvin se apartó el flequillo de la cara y la vio. Parecía una aparición. Seguía llevando puesto aquel estúpido traje, tenía sangre seca en una manga, el ojo amoratado, el pelo revuelto, como recién levantada, como después de una batalla.

—Hola —dijo Marvin, quitándose el cigarrillo de la boca.

—¡Te estaba buscando!

Marvin la miró con una tímida sonrisa colgándole de la

boca. Bajo sus diminutas cejas sus ojos parecían un par de canicas.

—He hablado con Kirk y creo que ya no soy una supervillana.

—¿No? —Marvin se restregó los ojos, le dolían, no acertaba a ver con claridad, había pasado la noche dando vueltas en la cama, pensando, pensando que no volvería a verla, pensando que aquel tipo estaba muerto, y que tarde o temprano la policía llamaría a su puerta y la detendría.

—Dice que si tengo remordimientos, no puedo ser una supervillana.

—Claro —dijo Marvin, abatido.

—Entonces ¿es verdad?

Marvin apuró el cigarrillo y asintió.

—Eso creo —dijo.

—Kirk también dice que soy una blandengue.

—¿Quién es Kirk? —preguntó Marvin, imaginándose su estómago sobre el exprimidor de naranjas, a punto de convertirse en zumo.

—Kirk Cameron —dijo Wen.

—Ya —dijo Marvin, aliviado.

—He pensado que a lo mejor podríamos celebrarlo.

—¿Vuelves a ser Súper Chica?

—Uhm. No lo sé. De momento soy una blandengue, como Peter Parker. ¿Sabes que Peter Parker estuvo a punto de convertirse en un supervillano?

—Nah. —Marvin sonrió—. ¿Lo dices por las peleas?

Wen asintió, fascinada.

—Sólo quería ganar algo de pasta. Yo habría hecho lo mismo —dijo Marvin.

Wen lo pensó. Pensó en sus propios problemas de dinero desde que el pequeño Earl había perdido aquel Hueso de Oro y se dijo que, después de todo, quizá no era tan mala idea. Despertar un día con toda la fuerza del mundo y decidir salvar a tu propia familia antes de empezar a rescatar gatitos de los árboles. Eso sólo podía hacerlo Supermán, porque no tenía familia. Hasta que conoció a Lois Lane.

—¿Sabes qué? Yo también habría hecho lo mismo —dijo, al fin.

Y sonrió.

Embutida en aquel ajustado maillot blanco, con un zapato rubio ondeando a su espalda, como en aquella lejana noche en la que se había batido en duelo con Dedos Sucios, Wen sonrió.

Estaba pensando en su madre.

En lo que iba a decirle cuando volviera a verla.

Le diría:

—Tenías razón, mamá. Después de todo, ha sido divertido.

Lo haría por teléfono, desde comisaría, aquella misma tarde.

Porque, aunque a veces no lo parezca, el mundo es un lugar horrible.

Rex Nogueiros lo pensaba desde que era un crío.

El bueno de Rexie.

El Chico de La Vaca, del acné intermitente y de la calvicie adolescente.

El tipo del que todo el mundo se reía hasta que se convirtió en un

supervillano

asesino.

Pero todo el mundo se había reído de Otto Octavius cuando no era más que un tipo gordo versión científico frustrado. Luego se había convertido en

supervillano

el malísimo Doctor Octopus, y la cosa había cambiado.

El mundo, aquel lugar horrible, lo respetaba.

Lo temía.

Era maravilloso.

Así que, sentado en su catre, tras las rejas, con la bandeja de la comida sobre las rodillas, Rex sonrió.

Se metió un pedazo de aquella carne de plástico en la boca y sonrió.

Por primera vez en su vida, se sentía como en casa.

Epílogo

Pero ¿de veras existió Zack Bremen?

Me llamo Zack. Zack Bremen. Soy rubio y delgado como un cuchillo. Antes no era delgado. Antes era gordo. Muy gordo. Pesaba doscientos tres kilos. Me llamaban Niño Monstruo. Sí, por entonces el mundo era un lugar horrible. Pero ya no lo es. Bueno, a veces lo parece. Como cuando me partí las dos piernas. Fue durante una pelea en el gran almacén de cómics en el que trabajaba. El almacén se llama El Cajón de Marvin. Marvin era el dueño. Un tipo menudo y deprimente. Le llamábamos El Gran Hombre. ¿Que quién le llamaba así? Arto le llamaba así. Yo le llamaba así. Y creo que la chica de la camisa de leñador también le llamaba así. No recuerdo cómo se llamaba. La chica, me refiero. Sólo recuerdo que solía vestir con monos de mecánico y camisas de leñador. No era muy habladora. Se limitaba a estar ahí, detrás del mostrador, preguntándose si Marvin pensaba despedirla. Creo que escribía cuentos. Qué más da. Era una chica con una camisa de leñador.

Pero estaba hablando de la pelea. No sé cómo empezó. Creo que fue culpa de Wen. Wendolin Kramer, la chica que me gustaba. Solía venir al Cajón de Marvin de vez en cuando. Cuando conseguía reunir algo de dinero, supongo. Compraba todo tipo de cosas. Sobre todo cómics de Súper Chica.

Por entonces vivía en Volta. Como yo. Yo siempre he vivido en Volta. No pienso salir de aquí. Es una ciudad pequeña, gris, aburrida, estúpida. Pero ¿acaso no lo son todas? Oh, qué más da. Lo mejor de no existir es que no tienes que preocuparte por ese tipo de cosas. No tienes que preocuparte de pagar el alquiler. Ni tratar de que una chica como Wen se fije en ti. Ni aguantar a su maldito chucho rosa. Me odiaba. Sé que me odiaba. El muy estúpido. Creo que se llamaba Earl, pero Wen se empeñaba en llamarle Munk.

El caso es que Arto me dio un puñetazo. Y yo fui a parar contra un cómic de Batman. Siempre he odiado a Batman. Lo único que hace Batman es salir de fiesta (oh, sí, es un rico heredero, ¿qué otra cosa podría hacer?) y dar órdenes a su mayordomo. Se aburre y cree que puede salvar al mundo. Es rico y cree que puede salvar al mundo. Por eso compra cosas negras. Trajes de acero negros. Y coches que parecen zapatos negros. ¿Y qué hace luego? Perseguir payasos y pingüinos. No, no tuvo una infancia feliz. Ya os he dicho que yo tampoco. Pero ¿no estábamos hablando de una pelea? Oh, sí, la pelea. Arto acababa de darme un puñetazo y estrellarme contra una estantería repleta de cómics de Batman (en realidad, era la estantería de Joker, El Asesino) y la estantería cayó (PLAM), aplastándome (CHAF) y partiéndome las piernas (CRAC CROC). Recuerdo que Marvin gritó:

—¡OH, DIOS! ¡HA CAÍDO JOKER!

No dijo Zack, dijo Joker.

Yo le traía sin cuidado.

A veces me pregunto si ya lo sabía.

Si ya sabía que yo no era más que un personaje de paso.

Si ya sabía que tarde o temprano, la autora de la historia (MALDITA CHIFLADA) se preguntaría un día: Pero ¿de veras existió Zack Bremen?

Porque eso es lo que hace a menudo.

Y lo que yo me pregunto es: ¿Qué pasa conmigo y con el resto de personajes que una vez creyeron que podían ser secundarios del pequeño mundo que contiene una novela, una novela cualquiera, una novela sobre una chica que cree que es un superhéroe y que casi acaba convirtiéndose en un supervillano, por ejemplo, y luego (ZAS) desaparecen? ¿Mueren? ¿Se mudan a las Galápagos? ¿Son engullidos por un monstruo gigante llamado Otra Ficción?

Hay un tipo, un tipo elegante y listo, que una vez fue senador y durante un tiempo escribió novelas sobre travestis y extraterrestres con aspecto de insectos, que dice lo siguiente: «Cuando un personaje ficticio muere o desaparece de un relato, no tardará en reaparecer en otro nuevo (...) aunque la ley de la unicidad absoluta requiere la pérdida total de memoria por parte del personaje que ha muerto o ha hecho sólo una breve aparición en un relato de ficción». El tipo elegante y listo se llama Gore Vidal y la novela de la que he extraído dicha conclusión se llama *Duluth* (y es la que contiene extraterrestres con aspecto de insectos que aterrizan en la Tierra con la única intención de convertirse en magnates del negocio inmobiliario). Quiero creer que está en lo cierto y que algún día abandonaré este estúpido limbo y esta estúpida silla de ruedas. Porque la autora se fue. Se llevó a Wen y a su perro rosa. Incluso se llevó a Marvin, aunque me dejó su almacén de cómics y lo instaló en una pequeña tienda situada en el centro de Barcelona. También me dejó a Arto y a la chica con camisa de leñador. Pero como hace al menos dos años que nadie le echa un vistazo a la primera versión de *Wendolin Kramer*, ni siquiera he vuelto a verlos. Estoy atrapado en la escena final. Es una escena bonita. Wen acaba de decirme algo bonito, pero no consigo recordar qué es. Lo único que hago es mirarme las piernas y preguntarme qué demonios estará haciendo el maldito Batman *ahora*. Apuesto a que está al volante de su coche zapato.

¿He dicho ya que el mundo es un lugar horrible?

Extraído del libro (ficticio) Reflexiones de Zack Bremen, *personaje que llegó a ser el coprotagonista de la primera versión de* Wendolin Kramer *y que acabó en el limbo de Los Personajes Que Nunca Escaparán Del Borrador De Una Historia.*

Laura Fernández